雛森寧子《ひなもりねいこ》のミステリな日々

コンビ作家の誕生

紺野天龍

JN120156

PHP
文芸文庫

○本表紙デザイン＋ロゴ＝川上成夫

【警告】

本作では、左記の作品の内容や真相について触れている場合がございます。
未読の方はご注意ください。

「砂糖合戦」北村 薫
「傘を折る女」島田荘司
『黒後家蜘蛛の会』アイザック・アシモフ
「赤毛連盟」コナン・ドイル
『毒入りチョコレート事件』アントニイ・バークリー

目次

主な登場人物

君島 羽理衣
Kimishima Harii

ミステリ作家志望の
大学生

佐久間 栞
Sakuma Shiori

ミステリ系出版社の
編集者

雛森 寧子

Hinamori Neiko

極度の人見知りで、
引き籠もり中

雛森 蓮

Hinamori Ren

寧子の姉

プロローグ

思い出すのは、真っ直ぐに伸びた背中。

天井から糸で吊っているのではないかと思えるほど、空へ向かって真っ直ぐに背筋を伸ばして、彼はいつも文机《ふづくえ》に向かっていた。

普段はどちらかというと猫背気味なのに、書斎にいるときは人が変わったように姿勢を正す。

机に向かうときは常に正座。真心を込めるよう丁寧に、しかし軽やかに無数の原稿用紙に万年筆を走らせていく。

その姿がすごく恰好《かっこう》よく見えて、堪らなく憧れた。

あんなふうになりたいと希《こいねが》った。

いつしか僕は、見様見真似でその隣に座り、文机に向かうようになった。

すると彼は嬉しそうに、照れたように色々なことを教えてくれた。

技術的なこと、心構え、あるいはそれ以外にもたくさん。

天井まで届く本棚に囲まれた薄暗い書斎。

畳とインクと煙草の匂い。

西日に照らされてきらきらと輝き舞う小さな埃《ほこり》。

穏やかな優しい声。

彼と共に過ごす時間は、掛け替えのない宝物だった。

彼のことが——大好きだった。

だから、いつまでも彼の隣にいることが、僕の夢になった。

この書斎の外でも、ずっと、ずっと、ずっと。

僕がそう言うと、彼はいつも嬉しそうな照れ笑いを浮かべ、そしてまた原稿用紙に万年筆を走らせていくのだった。


その姿がすごく恰好よく見えて、堪らなく憧れた。

あんなふうになりたいと希った。

けれど、その望みはどこまでも長く、遠く。

幼気《いたいけ》な約束は——未だ果たされていない。

第1話

砂糖対戦

Episode 1

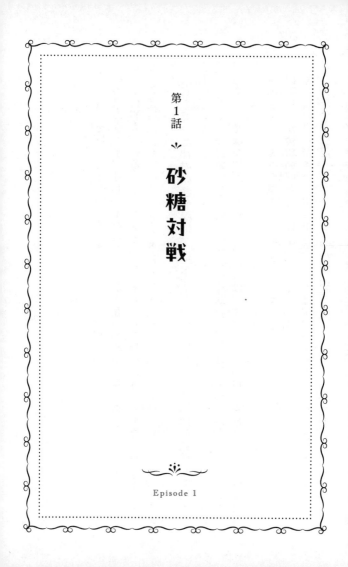

1

――質量を持った沈黙が重苦しく立ち込めていた。

その場の誰もが、疑心暗鬼を募らせながら互いの顔をちらちらと見合っている。

この中に犯人がいる――。不安と恐れ、それはある種の特異的な興奮状態をもたらし、急速に伝播《でんぱ》していく。鵟《ははどり》を前にした小鳥のように、皆固唾《かたず》を呑んでそのときを待っていた。

黒衣を纏《まと》った神の如き名探偵、枢木才太郎《くるるぎさいたろう》は、ゆっくりと周囲を見回して場を支配していく。

「――さて。今宵発生した悪夢のような連続殺人事件は、暁《あかつき》を待たずして終幕を迎えます。悪辣《あくらつ》な知恵者たる犯人の奸計《かんけい》は、すべて、この枢木を前に水泡に帰すことでしょう」

「枢木さん！　まさか犯人がわかったのですか！」

由香里《ゆかり》嬢が羨望《せんぼう》の眼差《まなざ》しを枢木へ向ける。

「焦らないでください、由香里さん」枢木は、父を失った憐《あわ》れな令嬢に視線を向ける。「犯人を指名するまえに、まずは彼の者が企てた邪《よこしま》な計略を明らかにしていく必要があります」

「しかし枢木探偵、本当にそんなものが存在したのでしょうか」

主治医の宮沢《みやざわ》は、でっぷりとした腹を揺らしながら訝《いぶか》しげな顔で尋ねた。

「三件の事件は、すべて閉ざされた室内で発生しています。それもすべて鍵は室内に保管してあり、合鍵や所謂《いわゆる》マスターキーのようなものも存在しません。これが自殺ではなく本当に殺人事件であったとするならば、密室殺人ということになってしまいます」

初老の医師の言葉には歩んできた人生に裏付けされた重みがある。しかし、黒衣の男はその自信を揺るがせることなく穏やかに微笑《ほほえ》む。

「たった一つだけ——鍵を使うことなく外から施錠を行う、奇術が存在するのです」

「そ、それはいったい……！」

早くもサロンの興奮は最高潮に達しようとしていた。

邪知暴虐《じゃちぼうぎゃく》の徒は、如何様《いかよう》な奇術によってこの不可能犯罪を成し遂げたというのか。

神の如き名探偵は、無道なる深謀遠慮に叡智《えいち》の光を当てる——！

「犯人は、強力な磁石を用いて外から施錠を行い、密室を完成させたのです」

◆

「──ゴミね」

佐久間《さくま》さんは、読み途中のはずの原稿を乱暴にテーブルの上にぶちまけた。

ファミレスのボックス席だった。大切な原稿にソースの染みでも付いたら大変なので、僕は慌ててかき集める。

「何てことするんですか！　丹精込めて書いた原稿に！」

「ゴミを捨てただけだけど？」

「二度もゴミと言いやがったな！」

興奮冷めやらぬ頭で、何とか散らばった原稿の回収を終える。悪辣なる編集者は、素知らぬ顔でコーヒーを一口啜《すす》った。

「あのね、君島《きみしま》くん。私は、あなたに期待しているの。あなたがいつか大作家となる可能性に懸けて、貴重な時間を作家ですらないあなたのために浪費してあげてるのよ。本当ならこの時間、売れっ子の作家先生と美味《おい》しいごはんでも食べに行ったほうが、会社的にも私の精神衛生的にも絶対に有意義なのよ。にもかかわらず、こうしてあなたに付き合ってあげているのだから、さっさと上手くなりなさい」

「…………」

ぐうの音も出ずに僕は黙り込む。

佐久間栞《しおり》さんは、ミステリ系出版社の最大手である幸迅社《こうじんしゃ》の編集者だ。僕は処女作を幸迅社主催のミステリ新人賞『デミウルゴス賞』に応募したもののあえなく落選。意気消沈していたところ佐久間さんから「光るものがあるので話がしたい」と連絡をいただき、それ以降、プロでもないのに担当編集者としてついていただくことになった次第である。

はっきり言って破格の扱いだし、編集者からアドバイスをもらえれば飛躍的に筆力も向上して、すぐにデビューできるのでは——と期待に胸を膨《ふく》らませていたのだが、現実はそんなに甘くなかった。

書いても書いてもまともに相手にされず、積み上がるものといえば、経験値ではなくボツ原稿ばかり。いい加減我慢の限界を迎えようとしているところではあるのだが、それでも耐え忍び粗雑な扱いを甘んじて受け入れているのは、単に佐久間さんが美人だからに他ならない。

これまで本ばかり読んできた非モテ大学生は、いい匂いのする綺麗なお姉さんに構ってもらえるだけで、ある程度の不満は飲み下せるのである。これがおっさんだったらとっくにブチ切れている。

何とか頭に上った血を下ろして、僕は尋ねる。

「……今回は何が駄目だったんですか」

「トリック」

間髪《かんはつ》を容《い》れず、佐久間さんは答えた。

「今回は、というか今回『も』だけど。磁石で外から施錠したですって？　あなたミステリを馬鹿にしてるの？　大体、今どきの錠前をどうやって磁石で動かすのよ。よしんばそれが可能であったとして、そんなガバガバのセキュリティで密室殺人なんて言わないでほしいわ。密室が汚れる」

佐久間さん、口は悪いけどミステリへの愛は本物だ。だが、ミステリへの愛なら僕だって負けていない。

「そのあたりはちゃんと後で合理的な説明を付けています。この館《やかた》を設計した絡繰《からくり》沢五右衛門《ざわごえもん》は、鍵という不確かな概念に対して警鐘を鳴らすために――」

「それは合理的説明ではなく、ただの言い訳」

名探偵が快刀乱麻《かいとうらんま》を断つが如く事件を解決するように、編集者は僕の小説を一言で斬り捨てた。

「読者の気持ちになって考えなさい。最近は文庫も値段が上がって一冊八百円を超えることもざら。八百円あったら、スタバで結構いいもの飲めちゃうわよ。そんな大金を払って、おまけに何時間も掛けて期待して読み進めたミステリのオチが、磁石で密室作ってました、って、あなただったらどう思う？」

「……以降、その本は鍋敷きにしか使わなくなりますね」

冷静に考えたら、三流ミステリもいいところだった。おかしいな……トリックを思いついたときは、自分は天才なんじゃないかと興奮したんだけど……。

「最近、磁石を使ったトリックを見掛けなくなったからチャンスかと思ったんですけど」

「自分の閃《ひらめ》きなんて信じては駄目よ」身も蓋《ふた》もないことを言う。「ミステリ作家なんてね、みんな天才なんだから。あなた如きが思いついたことなんて、とっくに思いついて、考慮をした上で使えないと棄却《ききゃく》してるものばかりよ」

深いため息を吐いてから、佐久間さんは僕の手から原稿を奪い取った。

「……ただ、文章のほうは十分及第点なのよね。キャラも立っているし、演出もなかなか上手いわ。外連味《けれんみ》もわかっているみたいだし、才能があると見込んだ私の目は間違いじゃなかったと、今でも思う」

「それは……どうも」珍しく褒《ほ》められて狼狽《うろた》える。

「でもね、いつもトリックがゴミなの」

上げてから落とすスタイルで、悪魔さん、もとい佐久間さんは僕を絶望の谷底へと突き落とす。

「針と糸で密室を作るとか、氷の凶器とか、今どきそんなトリック通用しないわよ。最初はギャグでやってるのかと思ったけど、実際に会って話を聞いてみたら本人は馬鹿真面目《まじめ》にこれをミステリだと思って書いているし。はっきり言うわ。あなたにはミステリの才能がない」

「…………」

やばい、泣いちゃいそう。

これまでも散々罵倒《ばとう》されてきたけど、結局シンプルな客観的意見が一番つらい。

「――ねえ、君島くん。あなた本当にミステリじゃなきゃ駄目なの？」

さすがに気が咎《とが》めたのか、心なしか優しい口調で佐久間さんは続ける。

「たとえばだけど、ウチのライトノベルや一般文芸の編集部にあなたを紹介することだってできるのよ。あなたくらい文章が書ければ、とりあえずデビューはそれほど難しくないと思うわ。まあ、売れる売れないはまた別問題なのだけど。それに、あなたのお母様は『ハリー・ポッター』シリーズのファンなのでしょう？　なら、才能のないミステリなんかに拘泥《こうでい》していないで、そちらの方向で活躍できるよう努力するほうが、お母様も喜ぶのじゃないかしら」

読書家だった母の影響で、僕は小さな頃から本に囲まれた生活を送っていたわけだけど、とりわけ母が気に入っていたのがJ・K・ローリングの『ハリー・ポッター』シリーズだ。というか、好きが高じすぎて息子である僕に『羽理衣《はりい》』なんて名づけるほどなのだから、その熱の入れ込みようは相当だろう。ただ、小さな頃から眼鏡を掛けていた影響もあり名前を弄《いじ》られることが多く、その反動もあって僕はハリー・ポッターが嫌いになったのだけど。

「母のためにミステリ作家になるわけではありません。僕は、花火楼洲《はなびろうしゅう》のような偉大なミステリ作家になりたいんです」

「また意外な名前が出てきたわね」佐久間さんは目を丸くする。「昭和を代表する本格派の大作家じゃない。それはちょっと目標が大きすぎるのではないかしら」

「目標は大きいほうがいいでしょう？」

「身の丈《たけ》に合った目標になさいと言っているのよ」

相変わらず辛辣《しんらつ》だった。どうして真顔でこんな心ないことが言えるのだろうか。『オズの魔法使い』のブリキの木こりか？

しばし睨《にら》み合うように黙り込む。

こればかりは僕も譲れないので、言外に強い想いを込めて、憎らしいくらい整った佐久間さんの顔を見つめる。

やがて根負けしたのか、佐久間さんは呆《あき》れたようにため息を吐いた。

「……本当に、どうしてもミステリじゃなきゃ駄目なのね？」

「はい」力強く頷いて見せる。

胸の下で腕を組み、しばし何かを思案するように人差し指でリズムを刻んでいた佐久間さんだったが、不意に決意を固めたように仕事バッグの中からＡ４サイズの封筒を取り出し、無言のまま僕に差し出してきた。

受け取って確認してみる。すると中からは、原稿用紙の束が現れた。手書きの拙《つたな》い字で何かが書き綴《つづ》られている。これは……原稿？

「付箋《ふせん》のところから読んでみなさい」

言われるまま、僕はずれた眼鏡の位置を直して原稿に目を通していく。

◆

夜になった。

山本はみんなを集めた。

「事件は解決しました」

みんな驚いた。

「とてもすごい」

山本は言った。

「鈴木は田中だったが吉田になった」

みんな驚いた。

「とてもすごい」

◆

「……なんですか？　このゴミ」

「ダイヤの原石と呼びなさい」

小学生が無理矢理書かされた読書感想文のような原稿に目を通している間に、ドリンクバーから持ってきたメロンソーダを啜りながら、佐久間さんは続ける。

「まあ、私も原稿からは何もわからなかったのだけど、それでも何故《なぜ》か妙に気になってね。作者に会って話を聞いたの。そうしたら、二重の叙述トリックだったのよ」

「二重の……叙述トリック？」

「舞台は嵐の山荘なんだけど……みんなから鈴木だと思われていた田中が、自らの死を偽装することで吉田に成り代わり、鉄壁のアリバイを手に入れて連続殺人を行っていたの」

　ちょっと何言ってるかわからない。

　仕方なく懸命に頭の中で情報を整理して、かろうじて断片的な理解をする。

「……というか、そんなの現実的には不可能でしょう。第一、それのどこが二重の叙述トリックなんですか？」

「登場人物全員が、盲目だったのよ」

「な——っ!?」

　思わず言葉を呑む。そんなの反則じゃないか……！

「言いたいことはわかるわ。はっきり言ってこれは禁じ手。ミステリとして世に出したら、きっと袋叩《だた》きにされるでしょう。第一、文章が下手すぎて叙述としても不成立だし、それ以前にほとんど小説の体を成していない。でもね、私はこの原稿を読んでいるとき、全員が盲目である可能性を一瞬たりとも考慮しなかった」

　それはそうだろう。たとえ、神の視点で物語が進むとしても、まさかそれ以外の視点が存在しないだなんて誰も考えない。それは小説という媒体《ばいたい》そのものを疑うことに他ならないから。

　そこで、ふととんでもないことに気づく。それは、つまり——。

「つまりね。この作者は、読者の常識の裏をかくことができる」

佐久間さんは、目を輝かせて言った。

「それはミステリ作家として非常に大きなアドバンテージとなる。しかもよ。驚くべきことに、この作者はこれまでミステリと呼ばれるものをほとんど読んだことがないというの。ウチに原稿を送ってきたのだって、作者のお姉さんが勝手にやったことだし、本人はミステリの何たるかもよくわかっていない。それでも――この作者には、ミステリの才能がある」

ぞくりと、背筋が寒くなった。

エドガー・アラン・ポーが「モルグ街の殺人」を発表したことで、この世界にはミステリというジャンルが誕生した。もちろん、それまでも犯罪小説などは存在したが、不可能犯罪とロジックを駆使した解決という所謂ミステリのお約束を最初に体系化したのがこの作品だ。しかも驚くべきことに、この世界初のミステリは、すでに密室殺人と意外な犯人というミステリにおける二つの金字塔を打ち立てているのである。人間の想像力に限界はないのだと思い知らされる。

それと同じように、ミステリをまるで知らない状態から、ミステリらしきものを生み出したとでも言うのだろうか。

「……さすがに信じられません。この情報過多の時代に生まれて、ミステリに全く触れずに過ごすなんてことが本当に可能なんですか？　自分を偉大に見せようとして、適当な嘘を吐いているんじゃないですか？」

「いえ、それはないでしょうね。自分を偉大に見せようとか、そういうタイプではないもの」

何だかよくわからないけれども、佐久間さんが言うのであればそうなのだろう。

「……それで、僕にこれを読ませてどうしたいんですか」

僕は知らずのうちに、不機嫌な口調になって問う。

「才能があるヤツには何をやっても勝てないから諦めろと、そう言ってるんですか」

「早合点しないで」

僕の手から原稿を奪い、丁寧に封筒へしまいながら佐久間さんは言った。

「君島くん、この子と組みなさい」

「……は？　組む？」意味がわからず僕は目を丸くする。

「そう。組むのよ。あなたとこの子で、エラリー・クイーンや岡嶋二人《おかじまふたり》のような、コンビ作家になるの」

冗談を言っている、という感じではない。困惑する僕をよそに、佐久間さんは、むしろ楽しげに続ける。

「最初は、二人ともそれぞれ独立した作家に育てようと思ってたんだけど、どちらもちっとも成長しないし。ならいっそのこと、トリックと執筆を分担してしまえば、互いの短所をケアし合える素晴らしい作家になると思うの」

「いやいや……そんなトマトもジャガイモもどっちもナス科だから融合させてみようみたいなことを僕で試さないでくださいよ」

人のエゴによって生み出された『ポマト』は、結局失敗作の烙印《らくいん》を押されて歴史から消えていったはずだ。

「僕はちゃんと一人でも立派な作家になってみせます」

「それまでいったい何年掛けるつもりよ」佐久間さんは冷たい目で僕を見やる。

「今の成長度合いから逆算するに、このままだと十年は掛かるわよ。それまで私がずっと面倒を見てあげられると思ってるの？　よしんば私が寿退職なんてしたら、作家でもないあなたは引き継げない。そうなったらあなたは今度こそ誰にも相手にされなくなるかもしれない」

「……寿退職の予定があるんですか？　というか、ワーカホリックの佐久間さんに恋人なんているんですか？」

「失礼ね。百人くらいいるわよ」

「そんな見え見えのハッタリ初めて聞いたわ……」

クレオパトラでさえもう少し控えめに申告するわ。

だが、冗談だと笑っている場合ではない。この感じだと今はいなそうだが、佐久間さんは見た目だけはいいので、その気になれば恋人くらいすぐに作れるだろう。そうなっては、寿退職がいよいよ冗談ではなくなってくるし、僕のデビューの可能性も夢と潰《つい》える。

もちろん、佐久間さんから見放されたところで、僕一人で研鑽《けんさん》を積めばいつかはミステリ作家としてデビューできるかもしれないけど……今よりさらにそれが遠退《とおの》くのは確実だ。

「そうなったときのためにも、あなたは何をしてでも一旦はデビューを目指さなければならない。一旦デビューしてしまえば、他社からオファーが来るかもしれないし、その後あなたが単独でデビューできるようになる目も残せる。君島くんにとってこの話は、メリットこそあれデメリットにはならないはずよ。何よりデビューできれば、印税が入る。トリック担当と折半《せっぱん》にはなるけれども、お金があればまた他の可能性も広がるでしょう？」

佐久間さんは的確に僕の急所をくすぐってくる。

親元から離れて一人暮らしをする貧乏学生である僕は、生活費を稼ぐため、日々バイトに明け暮れている。最近始めた喫茶店のバイトは、時給がいい上に比較的時間の都合もつけやすく、執筆にはもってこいの環境ではあるのだけれども……。

僅《わず》かなりとも印税が手に入ればもっとバイトを減らして、その分を執筆時間に回せるだろうし、確かに僕にとっても悪い話ではないかもしれない。

でも……しかし……。

本心と打算のせめぎ合い。

しばし考え込んだ後に、僕はしぶしぶ声を絞り出す。

「……少しなら、試してみてもいいです。でも、相性とかもあるでしょうし、駄目そうならすぐに無理と言います。それでも、よければ」

その言葉に、佐久間さんはニッコリと極上の微笑みを浮かべた。

「君島くんのそういう素直なところ、好きよ」

佐久間さんは、テーブルの上のスマホを取り、どこかへ電話をする。

「――幸迅社の佐久間ですけれども。お世話になっております。……ええ、そうです。例の子の了承が取れましたので、これからお連れします。……大丈夫、素直ないい子ですよ。はい、それでは後ほど」

通話を終えると再びこちらを見やる。

「実は、事前に先方には相談していたのよ。少なくともあちらは非常に乗り気だから、あとは君島くん次第ね。大丈夫、年も一個下で近いからきっと仲よくできるわ」

「ちょっと待ってください」話の展開が速すぎてついていけない。「え、これから会いに行くんですか？　というか、わざわざ実際に会う必要あります？　プロットだけもらえれば、適当に僕が話考えますけど」

「何、現代っ子みたいなこと言ってるのよ」

「バリバリの現代っ子なんですけど」

「コンビ作家というのは一心同体よ。実際に顔をつきあわせて、互いのことを深く理解しながら一緒に創作をしていくものなの」

「……そうかなあ」僕は訝しんだ。

というか、絶対自分の手間を減らすために諸々を一度に済ませようとしているだけな気がする。ただ実際問題、プロットを一枚もらうよりも、直接話し合ったほうが情報量の多いやりとりができるのは事実なので、この悪魔編集者の言うことも一概には否定できない。

「ほら、善は急げ。さっさと行くわよ」

僕のことなどお構いなしに、佐久間さんは伝票を持ってさっさとレジへ向かってしまう。

置いて行かれては堪《たま》らないので、仕方なく僕は言われるまま佐久間さんの後を追うのだった。

2

大学のある東雲《しののめ》市から電車に揺られること三十分。僕らは東急東横線《とうきゅうとうよこ》の自由が丘に降り立つ。都内有数のお洒落《しゃれ》スポットとして名の知れたこの街も、平日の昼過ぎはスーツ姿のサラリーマンや、買い物のご婦人ばかりで、客層の平均年齢はそれなりに高そうだ。

お洒落シティには、常に着飾った若い女性しかいないものと思っていたので、全身量販店コーデの僕が足を踏み入れても大丈夫なものかと内心震えていたが、これならば問題なく胸を張って街を歩けそうだった。

お洒落な街がすこぶる似合う佐久間さんは、実に慣れた様子で周囲の目も気にすることなくスタスタと歩いて行く。桃から生まれた英雄に付き従うお供のように、僕は大人しくその後に続いていく。

十分ほど歩いたところ。高台のマンションで佐久間さんは足を止めた。

一見して高級マンションだとわかる佇《たたず》まいだった。見上げると十階はありそう。僕の一個下でこんな立派なマンションに住めるとか、お貴族様なのかな……？

六畳一間の安アパートに住んでいる身としては、嫉妬《しっと》の炎がむくむくと湧き上がってくる。

エントランスを潜り、オートロック横のパネルに佐久間さんは部屋番号を入力する。すぐに応答があった。

『はーい、今開けます』

意外なことに、それは若い女性の声だった。すぐにオートロックは開かれる。ただ、想定していなかったので、僕は慌てる。

「え、待ってください。そのトリック担当の人って、女性なんですか？」

澄まし顔で佐久間さんは頷いた。

「そうよ。何か問題でもある？」

「問題はありますよ。僕が若い女性とまともに話せるはずないじゃないですか」

「……まるで私が若い女性ではないみたいな物言いね」

剣呑《けんのん》な目つきで僕を睨んでくる。慌てて否定する。

「佐久間さんとだって、最初はメチャクチャ緊張して話してたでしょう。自慢じゃないですが、僕は女性とは無縁の二十年を送ってきたんですよ」

「本当に自慢じゃないわよね、それ」呆れ顔で口を曲げる。「でも、今は普通に話せているじゃない。ようは慣れの問題でしょう。下らないこと心配してないでさっさと行くわよ」

襟首《えりくび》を掴《つか》まれて、そのままずるずるとエレベータに引きずり込まれる。

エレベータが上昇し始めると、次第に緊張してきた。

「……あの、佐久間さん」

「なに？」

「僕の恰好、変じゃないですかね？」

「大丈夫よ、いつもどおりクソダサいわ」

「大丈夫な要素がない！」

「作家見習いなんてみんなそんなものよ。気にすることないわ」

極めて偏見《へんけん》にまみれた意見を述べる佐久間さん。いや、世の中には小綺麗な恰好をした作家見習いだって絶対たくさんいるよ……。

でも、佐久間さんがわざわざこんなことを言うくらいだから、もしかしたら相手も僕と似たようなものかもしれない。女性だからと勝手にお洒落に気を遣っているものだと思い込んでいたが、それはただの心理トリックで実際には、髪はボサボサで常にジャージを着ているタイプなのかも。

そう思うと、少しだけ緊張がほぐれてくる。そうだ、別にお見合いをするわけではないのだ。ただ仕事上のパートナー候補として顔を合わせるだけ。自分や相手の恰好など気にする必要もないだろう。

エレベータは目的の階に到着した。佐久間さんは廊下を進み、最奥の部屋のインターフォンを鳴らす。はーい、という声が聞こえ、すぐにドアが開かれた。

「お待たせしましたー。佐久間さんこんにちはー。あ、この子が例の子ですね。初めまして、雛森蓮《ひなもりれん》です。これからよろしくね」

「――」

思わず息を呑む。

頭が真っ白になって、言葉が出てこない。

それくらい、激しい衝撃を受ける。

ドアを開けて姿を現した女性は――信じられないほどの美人だった。

完璧な黄金比に整った目鼻立ち。明るい色の髪は肩口で上品に巻かれ、穏やかな印象を演出している。春らしいゆったりとしたチュニックと、クリーム色のロングスカートがとてもよく似合っていた。

佐久間さんは、どちらかというと鋭利な美人だが、こちらは優しげな笑みを湛《たた》えた美女であり、さながら聖母かという神々しさを醸《かも》し出している。

おまけにスタイルも抜群。細身ですらりと背が高く、頭も小さいのでモデルにも見える。

神様が気まぐれに作ってしまったとしか思えない、恐るべき造形美を誇る女性。

こんな人とコンビ作家を組む……？　無理無理無理、絶対無理。

本能が、全力の拒絶をしていた。

「……すみません、蓮さん。この人は女性に対する免疫がなくて、美女を見ると言葉を失うんです。ちなみに私のときもそうでした」

佐久間さんは勝手に注釈を入れる。さすがにいい年をした大人としてこのままではよくないと思える程度の分別はあるので、僕は覚悟を決めて口を開く。

「き、君島羽理衣と言います。よ、よろしくお願いします」

声が上擦《うわず》ってしまったが、これが精一杯だ。その女性――雛森さんは、少し不思議そうに小首を傾げてから、ふわりと春の妖精のように微笑んだ。

「ハリーくんっていうの？　素敵なお名前ね。私のことは、気軽に『蓮さん』って呼んでくれていいからね」

「……よ、よろしくお願いします」

困惑しつつ、赤面しながら僕は頭を下げた。

おかしいな……中学、高校時代にいたクラスの美形の子は、みんな僕のことを路傍《ろぼう》の小石でも見るような目で見ていたのに、この人はちゃんと人として扱ってくれている気がする。

僕の中で、美形とはおしなべて性格が悪いものだと思っていたので（佐久間さん含む)、大変なカルチャーショックを受けた。

これならば……コンビ作家としてもやっていける……？　それどころかとんでもない役得なのでは……？

にわかに希望を持ち始めたところで、雛森さん——もとい蓮さんは僕らをリビングへと案内してくれた。シックな色合いの調度品でまとめられ、所々に可愛《かわい》らしい小物があしらわれた如何《いか》にも女性的な空間だった。あと、空気が微かに甘く澄んでいる気がした。

四人掛けのテーブルに僕と佐久間さんが着いたところで、蓮さんは言った。

「今、寧《ねい》ちゃんも連れてきますから」

パタパタとスリッパを鳴らして、そのままリビングを出て行ってしまう。

「……寧ちゃん？」僕は隣の佐久間さんを窺う。

佐久間さんは、バッグから手帳を取り出しながら答えた。

「あなたの相棒、トリック担当の子よ」

「……え？」

思わず思考が停止する。ひょっとして僕は盛大な勘違いをしていた……？

「あの、もしかして今の女性は……？」

「お姉さんよ」

「………」

そうだよね！　そんなうまい話ないよね！

今さらながら、先ほどの佐久間さんの話の中に、原稿はお姉さんが勝手に送った、みたいなことが出てきていたことを思い出す。こんな簡単なトリックに引っ掛かるようだから、ミステリの才能がないなんて言われるんだよ……。

色々な意味で、ショックを受けた。

しばしの沈黙。それから、やにわに廊下のほうが騒がしくなってきた。何事かと視線を向けたところで――蓮さんは戻ってくる。

……小脇に、何やら黒っぽい塊を抱えて。

その謎の塊は、どうやら四肢があるらしく、じたばたと暴れながら何事かを喚《わめ》いていた。

「うああ……無理だよぅ……知らない人とお話なんてできないよぅ……お姉ちゃん許してぇ……これは家庭内暴力だよぅ……」

「ほら、寧ちゃん。ちゃんと立って。ご挨拶なさい」

小脇に抱えた何者かの発言をすべて無視して、蓮さんは実に慣れた手つきで、それを目の前に立たせた。

一見して、背が小さかった。小学生かな、と首を傾げるほどだ。猫背なので何とも言えないが、一四五センチくらいだろうか。

全身が黒いのは、一昔まえに流行《はや》った、所謂、着る毛布を着用しているからだった。全身をもこもこのフリースで覆われ、猫の耳が付いたフードまで被っている。

「いつまでそんなもの被ってるの。お客様に失礼でしょう」

「あわわ、お姉ちゃん、ちょっと待っ――」

必死の抵抗も虚しく、蓮さんは、強引にフードを剝《は》いだ。

フードの下から現れたのは、口元まで前髪が伸びきったボサボサの頭。

……ようやくエレベータ内での佐久間さんの言葉の意味がわかった。

作家見習いなんてみんなそんなもの――。なるほど。これは……僕と大差なさそうだ。

呆れ混じりに感心する僕に、その小柄な人影は、おどおどしているとしか表現のしようがない、天敵を前にした小動物のような仕草で深々と頭を下げた。

「……ひ、雛森、寧子《ねいこ》、です……。ど、どうか許してください……」

何故か異様に恐れられていた。

3

正体不明の黒もこ小動物——寧子を無理矢理テーブルに着かせてから、蓮さんは僕らに紅茶とケーキを振る舞ってくれた。

基本的に僕は口下手だし、寧子は先ほどからずっと俯《うつむ》いたままだし、どうなるものかと思ったが、頼りになる社会人たる佐久間さんが、潤滑油《じゅんかつゆ》となって円滑に話を進めてくれる。

「寧子さん、突然お邪魔してしまってすみません。早く紹介したほうがよいかと思いまして。こちらが執筆担当の君島くんです。腕のほうは私が保証しますよ」

「……君島羽理衣です。よろしくお願いします」

ぺこりと頭を下げるが、寧子は何も反応しない。慣れたように蓮さんがフォローを入れる。

「ごめんね、ハリーくん。この子、ちょっと人見知りで」

……ちょっと？　僕にはものすごく重篤《じゅうとく》な人見知りにしか見えないけれども、蓮さんが言うのであればきっとそうなのだろう。彼女が白だというのならば、黒いものも白になるのである。

僕は、ショートケーキを口に運びながら神妙に頷いて見せた。佐久間さんは話を進める。

「私としましては、寧子さんと君島くんで互いの長所を生かし合えば、必ずや立派なミステリ作家になれると確信しています。本日はそのための顔合わせということでご了承いただければ幸いです」

「お気遣いいただかなくて大丈夫ですよ、佐久間さん」蓮さんは穏やかに微笑みながら紅茶に口を付ける。「寧ちゃん、毎日暇《ひま》なんで。むしろ私以外にも寧ちゃんを構ってくれる人が増えて嬉しいです。ハリーくん、毎日でも来てくれていいからね。何なら、ごはんとかも食べていってよ。寧ちゃん、少食だから作り甲斐《がい》がなくって」

半ば脊髄反射《せきずいはんしゃ》で、ハイ喜んで！　と答えそうになるのを鋼《はがね》の意思で堪《こら》える。これは僕のミステリ作家としての将来にも関わる案件なのだ。慎重に吟味《ぎんみ》を重ねなければならない。

「……あの、いくつか質問をしてもいいでしょうか？」

一度フォークを皿に置き、僕は背筋を伸ばして尋ねる。

「寧子さんは、ミステリを読んだことがないと伺ったのですが、本当ですか？」

向かいに座る寧子を見つめるが、彼女は相変わらず俯いたままもじもじして何も答えようとしない。代わりに蓮さんが答えた。

「本当だよ。というか、ミステリに限らず小説全般をほとんど読んだことないはず。この子、逆活字中毒で、本を読むと具合が悪くなるタイプだから」

「逆活字中毒⁉」

そんな表現初めて聞いたわ。でも、蓮さんが言うのであればきっとそうなのだろう。それに、そう考えればあの壊滅的な文章力も頷ける。

「……ならどうして小説を書こうなんて思ったんですか？」

逆活字中毒の人間が小説を書く、というのは、数学アレルギーで文系の僕が、ある日突然理転するくらい意味不明な行動な気がするけど。

「寧ちゃん、高校やめてから、引き籠もってゲームばかりやっていたの。まあ、色々あったから仕方ないんだけど……。でも、この子の将来のことを考えたら、ゲームばかりやらせるのも不安でしょう？　プロゲーマーみたいなお仕事もあるみたいだけど、寧ちゃん、対戦ゲームできないし。それで、将来どんなお仕事に就《つ》くにせよ、文章が書けるに越したことはないと思って、とりあえず文章の練習でもしてみたら？　って、提案したら、何かすごいの書いちゃって」

にわかに興奮しながら、蓮さんは寧子の頭を撫《な》でた。

「だからこの子は天才に違いないと思って、幸迅社さんに原稿を送ったら佐久間さんが担当してくれることになったの」

あの原稿を読んで即座に才能を見抜いたということだろうか。それともただの身内贔屓《びいき》なのか。僕には判断ができない。

「寧子さんは、僕の一つ年下だと伺いました。僕は今二十歳なので、十九歳、ということです。そんな年頃の若い女の子に、こんなどこの馬の骨ともわからない大学生が近づくのは、不安ではないんですか？　執筆担当を付けるにしても、僕などではなく女性のほうがいいのではありませんか？」

さりげなく、僕を執筆担当者にするのはお勧めできませんよ、と含めて伝えてみるが――蓮さんは、曇り一つない満面の笑みで首を振った。

「ううん、ハリーくんがいいの。実は私、佐久間さんにハリーくんの原稿読ませてもらってたの。すごく上手で惚《ほ》れ込んじゃった。丁寧すぎるくらい丁寧で、読む人を幸せにしたい、って気持ちが溢れてる優しい文章。だから、私のほうから是非に、ってお願いしたんだ。それに今日こうして会って、やっぱりハリーくんが気遣いのできる優しい人だってわかったから。だから、ハリーくんになら、寧ちゃんを任せられるなって、そう思うの」

「………」

やばい、泣いちゃいそう。

これまで自分の書き物で罵倒されることはあっても、褒められたことなどほとんどなかったので、こうして手放しに褒められるとこれまでの苦労が報われたような気持ちになってしまう。

この人の期待に応えたいと、そう思ってしまう。

我ながら単純すぎて呆れるばかりだが、すでに心の中ではこのコンビ作家結成の件を受け入れている自分がいる。

だが、それでも……肝心のところをまだ確認できていない。

「……寧子さんは、どう思ってるんですか?」

再び寧子に尋ねる。そう。これまでの話はあくまでお姉さんである蓮さんの個人的心情に過ぎない。真に重要なのは、僕とコンビを組むことを、この小動物のような少女がどう感じているのかということだ。

寧子は、ますます落ち着かない様子で、必死にこちらを見ないように俯いている。

それは、どう贔屓目に見ても拒絶の態度だった。

……まあ、そうだよね、と僕は心の中で諦めのため息を吐く。

引き籠もりで、人見知りの激しい女の子が、突然やって来た不審な男と一緒に小説など書きたがるはずがないのだ。今だって、蓮さんに言われて仕方なくテーブルに着いているだけで、この話にも初めから乗り気ではなかったに違いない。

ならば、無理矢理外野が勝手に話を進めてしまうのも可哀想《かわいそう》だ。この子のためにも、上手い言い訳を考えてこの話は断ろう。

そう思っていたところで、今にも消え入りそうな小さな声で、寧子は言った。

「ぁ……あの……わ、私は……人付き合いが苦手で……空気が読めなくて……いつもみんなの嫌われ者で……。お、お姉ちゃんは、そんな私にも優しいけど……。で、でも……私も、変わらなきゃいけないとは、お、思ってるんです……。だから……ハリーくんがそれでもよければ……わ、私からもお願いします……」

……ん？　ということは……？

「それはつまり、僕とコンビ作家を組んでみてもよいと……？」

念押しの問い。寧子は、怖々ながらも、しっかりと頷いた。

どうやら寧子のほうも、僕と組むことがそれほど嫌というわけではないらしい。

ならば——少しだけ、一緒に頑張ってみるか。

決意は一瞬。僕は、全員の顔を見回してから告げる。

「——わかりました。お役に立てるかわかりませんが、やるだけやってみましょう。寧子さんのプロットと、僕の文章がどの程度マッチするかは、実際にやってみなければわかりませんけれども……」

「決まりね」

様子を窺っていた佐久間さんは、嬉しそうに両手を合わせて微笑んだ。

すべて佐久間さんの手のひらの上というのは正直気に入らないが、蓮さんにも期待されているのであれば、僕としてもやぶさかではない。

「でも、どうやってこれから作品作りをしていけばいいんですか？　寧子さんがプロットを書いて、佐久間さんがそれを確認してＯＫを出したあとで、僕が執筆する、という感じなんでしょうか？」

「それだとただ、原案と執筆を分けているだけでしょう」佐久間さんは、これ見よがしに首を振る。「あなたたちはコンビ作家なのよ。だから、その強みを生かして協力して作品を作り上げるの」

「……というと？」

「察しの悪い眼鏡ね」

「眼鏡は関係ないだろ」

「だから、二人で話し合って作品を考えるのよ」

さも当然であるかのように、佐久間さんは肩を竦《すく》めた。

「どういう物語を書きたいのか、どういうトリックにするのか、すべて二人で話し合って決めるの。そして、そもそも寧子さんはプロットも書けないから、プロットも君島くんが書くのよ」

「話し合ってと言われましても……」

ちらりと寧子を窺う。もうすっかり自分の仕事は終わったとばかりに、俯いたままもそもそとショートケーキを口に運んでいた。話し合いなんて、できるのかなあ……。

不安を覚えるが、どうにか折り合いをつけていくほかない。もちろん、その結果やはり作風が合わないなどの結論に至ることもあるだろうが、その場合は仕方がないのでコンビ解消も止むなしだろう。

とにかく僕も初めてのことなので、試行錯誤しながらやってみるしかない。

それから佐久間さんはいくつかの連絡事項を伝えて去って行った。以降は僕が代表して佐久間さんと連絡を取り合うことに決まる。少なくともこれで佐久間さんの僕らに割く手間は半分になったのだから、これまでの倍はしっかりと僕らの面倒を見てくれるようになるはずだ。

これで少しでもデビューが近づけば御の字だけど……そのためにもまずは、プロットを一本、ちゃんと作り上げなければならない。

僕はテーブルの向かいで、もそもそとケーキの喫食を続ける寧子を見やる。何というか、非常に動作が緩慢で、食べるのが遅い。

「……それじゃあ、作品の方向性だけでも決めちゃおうか」

僕の言葉に、寧子はビクリと肩を震わせた。まるで仔猫がライオンに遭遇したかのような大げさなリアクション。軽く話しかけただけでこれなのか……。前途多難だった。

「――実はもう一つ、ハリーくんにお願いしたいことがあるの」

「お願い、ですか?」

不意に天上の調べのような美しい声で、蓮さんが話しかけてきてくれた。僕は思考のリソースの百パーセントを蓮さんとの会話に捧げる。

麗しの美女は、少しだけ躊躇《ちゅうちょ》を見せつつも、意を決した様子で告げた。

「寧ちゃんの社会復帰更生プログラムに協力してほしいの」

突然不穏当な言葉が聞こえたためか、寧子は再びビクリと震えて隣の姉を見やる。

「お……お姉ちゃん……? 急に何を……?」

救いを求めるような妹の目を無視して、穏やかに微笑みながら蓮さんは続ける。

「ほら、寧ちゃんて賢くて可愛くて天才だけど、社会不適応者でしょう? だから、ハリーくんと一緒にお仕事をしながら、ついでに社会のほうにも慣れてもらおうと思って。取材とか行く必要があったら、必ずこの子を連れ出して一緒に社会経験を積ませてあげてくれないかな」

「…………」

その光景を想像する。

一四五センチそこそこという寧子を連れ回す、身なりの貧相な大学生の僕。どう贔屓目に見ても犯罪の臭いしかしない。お巡りさんの声掛けの常連になることと必至だ。

さすがに断ろうと思うが、それより早く、蓮さんはテーブルに身を乗り出して僕の手を熱く握ってくる。

「お願い！　こんなことハリーくんにしか頼めないの！　寧ちゃんのためだと思って、どうか協力してくれないかしら……！」

「大船に乗ったつもりでお任せください」

気づいたら脊髄反射で蓮さんの滑《なめ》らかな御手を握り返していた。

一瞬の多幸感の直後、激しい後悔が押し寄せるが後《あと》の祭《まつり》だ。だって、女の人から手を握られたのなんて初めてなんだから仕方ないじゃないか！

自分に言い訳をして、大人しく現実を受け入れる。我ながら意志の弱さはギネス級だ。

しかし、僕の後悔の代償として、蓮さんが喜んでくれるのだから、それでいいじゃないか、という気持ちにもなる。非モテの僕が、女性に喜んでもらえる方法なんて身を削る以外にないのだから。

ただ問題は、一切合切《いっさいがっさい》、蚊帳《かや》の外で話を進められた当人。

「ま、待ってよお姉ちゃん……聞いてないよ……！　ハリーくんと一緒に、おうちでお話作るだけで十分でしょ……？　お外行くなんて、む、無理だよぅ……！」

妹の必死の説得には聞く耳を持たず、蓮さんは上機嫌に話を進めていく。

「本当にありがとう、ハリーくん！　それじゃあ、早速で悪いんだけど、これから少しだけ時間空いてないかな？　よかったら寧ちゃんと三十分くらいどこかの喫茶店でお茶でも飲んできてくれない？　あ、もちろん、お代は私が払うから」

「僕はまあ……大丈夫ですけど」

バイトまでまだ時間がある。しかし、さすがに不憫《ふびん》に思えて寧子に目を向ける。

彼女は、涙目になりながら必死にこちらに助けを求める。

「は、ハリーくん、た、助け――」

「さあ、寧ちゃん。それじゃあ、早速お着替えしましょうね。これから楽しい楽しい第一回社会復帰更生プログラムが始まるわよー」

「こ、これからすぐなんて無理だよぅ！　心の準備に三日はくれないと……」

「ほら暴れないの。久々のお出かけなんだからおめかししなきゃ！　あ、それじゃあハリーくんは一階のエントランスホールで待っててね！　十分くらいで準備できるから！」

「……わかりました。その、お手柔らかにお願いしますね」

今さら蓮さんに逆らうことなどできるはずもないので、大人しく成り行きに任せる。

雛森家を出る直前、蓮さんと連絡先の交換をしてもらえたので、すべての不平は霧散《むさん》した。

我ながら、単純な人間で困る。

4

高級調度に囲まれたエントランスホールで、一人ボーッと立ち尽くす。

傍《はた》から見ればただの不審者にしか見えないが、幸いなことに平日の日中ということもあり、エントランスホールに訪れる者はいない。防犯カメラにはバッチリと僕の痴態《ちたい》が記録されているけれども……今さらその程度で傷つくほどやわではないのである。

雛森家を出てちょうど十分が経過したタイミングで、エレベータから小柄な影が現れた。

キャスケットを目深《まぶか》に被ったその人物は、僕の姿を認めると、両手を伸ばしてふらふらと駆け寄ってくる。

「は、ハリーくぅん……！　よかったよぅ……帰っちゃったんじゃないかって、不安で不安で……」

「約束したのに帰るわけないだろう」僕は呆れる。

「で、でも……私との約束って、破るためにあるみたいなところあるから……」

「………………」

悲しいこと言うなよ……。いったいどんな悲惨な過去があってそんな卑屈になったんだよ……。

さすがに同情的な気持ちになってきた。それから改めて寧子を見やる。

先ほどまでの着る毛布ではなく、所々にフリルがあしらわれたクリーム色のブラウスに、チェック柄のハイウエストサロペットスカートを合わせていた。胸元のリボンが可愛らしくアクセントになっている。十中八九、蓮さんのコーディネートなのだろうが、さすがセンスがいい。明るい色合いの服を着るだけで、先ほどまでの十倍くらいは華やかに見える。

しかし、明らかにミスコーデの黒いキャスケットと、肩から提げたやたら大きなポシェットが絶妙に全体のバランスを崩してしまっていた。あれたぶん寧子の私物だな……。それら小物のせいもあり、どう贔屓目に見ても背伸びしてお洒落した小学生にしか見えない。

「あ……あんまり見ないでぇ……恥ずかしい……」

両手で顔を隠すようにキャスケットを引き下げ、寧子は蚊の鳴くような声で言った。そんなことをしなくても、元々顔は長い前髪のせいで見えないから安心してほしい。というか、着る毛布で人前に出るほうがよほど恥ずかしいだろうに。

だが、すべては褒めるところから始まる。

「そんなことないよ。よく似合ってると思う」

「そ……そうかな……。私は、ハリーくんみたいな、目立たないモブキャラっぽい服のほうが好きなんだけど……」

「あれ？　僕、馬鹿にされてる？」

「も、モブキャラは褒め言葉だよぅ……！」

何か極めて特殊な人生観をお持ちのようだった。寧子は不服そうにスカートの裾《すそ》を摘まむ。

「うぅ……こういうヒラヒラしたお出かけ着苦手……ポケットないと落ち着かないよ……」

「まあ、確かに女性用のおしゃれ着ってポケットない印象あるけど」

機能性で服を評価するあたり、もしかしたら寧子と僕は似た者同士なのかもしれない。

いつまでもエントランスホールにいるわけにもいかないので、僕は切り出す。

「――とにかく行こうか。僕、自由が丘のことよく知らないんで、おすすめの喫茶店教えてくれよ」

「わ……私が知るわけないでしょう……」

それもそうだ。仕方ないから、スマホで適当に調べようとしたところで、「ペコン」とメッセージが届く。

相手はなんと、先ほど連絡先の交換をしたばかりの蓮さんだった。

『ここ近くて美味しくてこの時間帯比較的空いてるからオススメ♪　ハリーくん、寧ちゃんのことよろしくね♡』

丁寧にも蓮さんは、喫茶店の地図を送ってくれていた。すべて見越されているようだった。あと、女の人からメッセージをもらったのは初めてでドキドキする。何か活字だけで可愛く見えてくるもん。

面倒事を押しつけられている最中だというのに、幸せな気持ちになった。

「うん、場所はわかったから行こうか。空いてるって書いてあるし、そんなに緊張しなくて大丈夫だよ。ほら、ちゃっちゃと行って、早く帰って来よう」

歩き出す僕だったが、袖《そで》の先を摘まれ仕方なく足を止める。

「あ……あの……ハリーくん……」

「なに？」

「その……手ぇ、繋《つな》いでぇ……お外怖い……」

「………」

どんなレベルの引き籠もりなのか。でも、ここで拒絶するのも可哀想なので、止むなく僕は寧子の手を握ってやる。予想以上に小さくて、そして冷たかった。緊張しているためか、小刻みな震えも伝わってくる。

一つ年下とは言っても、さすがにこんな小さな子どものような女の子と手を繋いでドキドキするほどのダメ人間でもない。それなりに落ち着いた心持ちで、僕は寧子を引き連れてエントランスを出た。

交通量の多い大通りを避けて、僕らは目的地へ向かう。

空はぬけるような快晴。風もなく、気温も穏やかで絶好の散歩日和だ。

「外に出るの久々なんだろう？　たまには散歩も悪くないんじゃないか？」

期待を込めて声を掛けてみるが、肝心の相棒は、ぶるんぶるんと首を振って拒絶を示す。

「……おうち帰る……おうち……」

「そんな『E．T．』みたいなこと言うなよ……」

地球じゃ暮らせないのかよ。天の川銀河の中じゃ割といいとこだよ、地球。

重ね重ね前途多難だった。

雛森家から、五分ほど歩いたところに、目的の喫茶店はひっそりと建っていた。住宅街とも繁華街とも絶妙に離れた穴場的な立地。可愛らしいお洒落な外観もあって、知る人ぞ知る名店、という雰囲気が漂っている。

ちょうど僕らが入店するタイミングで、お客さんが出てきた。仲睦まじげな男女の二人組だった。男性のほうは、如何にも仕事着という感じのスーツだったが、女性のほうは落ち着いたデザインのお洒落なワンピースを着ている。寧子の苦手そうなデザインだな、と思った。

入れ替わりで店内へ。

幸いなことに、今の客が最後だったようで、僕らの貸し切り状態になっていた。

店員のお姉さんから微笑ましげな視線を向けられながら、どちらでもお好きな席へどうぞ、と言われたので店内を見回して席を見繕う。

窓際の二人掛けのテーブル席と、奥のカウンターにコーヒーカップがそれぞれぽつんと置かれていたので、両者を避けるように、中央付近のテーブル席を選択した。

席に着いたところで、ようやく寧子はキャスケットを脱ぐ。帽子の下からは、長い前髪で顔を隠したボサボサ頭が現れた。

「蓮さん、髪は整えてくれなかったのか？」

「……ううん。ヘアピンで前髪留められちゃってたんだけど……恥ずかしいからエレベータで外《はず》しちゃったの……。前がよく見えるのは……こわい……」

「まあ、気持ちはわかるけど」

僕も寧子ほどではないにせよ、それほど人前が得意ではない。スクールカースト下層の人間は、悪目立ちすることなくひっそりと生活する術《すべ》に長《た》けているのである。他人となるべく目を合わせない、というのもその一つだ。

さすがに寧子の反応は些《いささ》か過剰ではあるので、これも追々どうにかしていかなければならないのだろうけれども、まずはまともなコミュニケーションが取れるようになることが先決だ。

「無理しないで少しずつ慣れていけばいいよ。蓮さんだって、そのつもりだろうし」

「……ハリーくん優しい」

前髪の隙間からわずかに覗いた口元が、にへら、と緩んだ。あくまでも寧子は仕事上のパートナーでしかないので特別に甘やかすつもりもないのだが、それでも庇護欲を誘われるというか、厳しいことを言いにくい雰囲気を持っているのでどうにもやりにくい。

ただどうしても言っておかなければならないことがあった。

「その、悪いんだけどさ。『ハリーくん』っていう呼び方、変えてもらえないかな」

「……え」落ち着いていたはずの寧子はまた不安そうに縮こまる。「ご……ごめんなさい……お姉ちゃんが、そう呼んでたから、私もって……調子に乗りました……。そ、そうですよね……年下の、カマドウマみたいな小娘に親しげに呼ばれたら不快ですよね……。で、では、今後は『ハリー様』とお呼びさせて、い、いただきます……！」

「落ち着け、そうじゃない」

よくない誤解をされているようだった。というか、卑屈になるときだけどうしてそんな饒舌《じょうぜつ》になるんだ。

「実はさ、僕、『羽理衣』って自分の名前嫌いなんだよね。年上から呼ばれるのは仕方なく受け入れるけど、寧子さんのことは対等な相棒として扱いたいから、呼び方を変えてもらいたいなと思って。だって明らかに今後、蓮さんよりもきみのほうが僕と話す機会増えるだろ？　ならさ、ストレスのない呼ばれ方にしてもらったほうが嬉しいかなって」

「そ、そういうもの、かな……？」

僕が怒っているわけではないというのはわかってもらえたようだが、まだ不安そうに寧子は震えている。

「で、でも、ならなんて呼べば……？」

「『ハリー』以外なら何でも。苗字の『君島』のほうでもいいし、もしくはあだ名とか」

「あだ名……」

しばし考えるように黙り込む寧子だったが、わずかに顔を上げると自信なげに呟《つぶや》いた。

「じゃあ……『りーくん』とか……？」

りーくん、か。それならば気にならなそうだ。

「うん、いいよ。寧子さんが嫌じゃなければ、そう呼んでくれると嬉しいな」

「りーくん……！」

また口元を緩め、心なしか嬉しそうな声色で寧子は改めて僕を呼ぶ。

「じゃ、じゃあ、私のことも『寧子』って、呼んでほしいな……。そのほうが、その、何か、お友だちみたいで嬉しいというか……。あっ……もちろん、こんなクソザコナメクジに友だちだなんて思われるのが迷惑ならそのままでも……」

尻すぼみに、寧子はまた俯いてしまう。感情の振り幅がエグいな……。

呆れながらも僕は苦笑する。

「迷惑なわけないだろ。僕らは一心同体、一蓮托生《いちれんたくしょう》なんだ。まずはちゃんと友だちから始めよう。よろしくな、寧子」

テーブルの向かいから手を差し出す。寧子は戸惑いながらも、それでもおずおずと僕の手を握ってきた。

庇護のために手を繋ぐのではなく、対等の存在としての握手。

震える小さなその手は、わずかに熱を帯びていた。

「わ、私なんかでよければ、よ、よろしくお願いします……りーくん……！」

口元をわなわなと震わせながら、寧子はとても嬉しそうにそう言った。

ようやく一歩前進。スタートラインに立てた、というところか。

どうにか上手くやっていけそうな手応えを感じて、僕も笑みを返す。

そのタイミングで、店員さんがやって来た。僕はホットコーヒーを、寧子はメニューを指さしてバナナジュースを注文した。

注文の品が届くまでの間に、早速本題に入る。

「それで寧子は、どうやって話を考えてるんだ？　ミステリのことよく知らないんだろ？」

「う、うん……ミステリってよくわからないんだけど……。でも、クイズとか、パズルとか、あとマジックも好きだから……。そういう不思議なことを文章にしたら面白いかなと思って……」

つまり、ミステリというよりは、トリック小説のつもりだったってことか。

「――不思議なことを考えるのは、好きなんだ」

またにへら、と寧子は笑った。先ほどまでよりは随分とリラックスしているように見える。いい傾向だと思う。

僕は居住まいを正して、寧子に説明する。

「ミステリっていうのは、簡単に言うとその『不思議なこと』に焦点を当てて展開する物語だよ。不思議なことが起きるためには、必ず何らかの理由、因果があるわけだろ？　その因果を、物語の中で探偵役が探っていく。そしてそれを読者に追体験させるものが、広義のミステリさ」

「おお……なるほど……！」

感心した声を上げる寧子。前髪に隠れてよく見えないが、尊敬の眼差しを向けていそうな感じではある。普段、佐久間さんには「ミステリを馬鹿にするな」と罵倒されてばかりなので、こういう反応をされると少し心地よい。

「ミステリの中にもいくつか分類があるんだけど、まずは基礎的な部分からの理解をしていこう。だから、その上で僕らが最初に物語を作る題材としては、『日常の謎』を取り扱ったライトミステリがいいと思うんだ」

「日常の、謎……？」

「うん。北村薫《きたむらかおる》先生の『空飛ぶ馬』から生まれたムーブメントなんだけど……。日常の中で起こった少し不思議な出来事を、ミステリ的な枠組みとして捉えて解決する、って試みかな。利点としては、殺人事件が起こらないから物語の読み口が軽くなる、っていうことが挙げられると思う。気軽に読めて、気軽に楽しめる。近年特に人気のジャンルだ。マジックにもあるだろ？　大掛かりな道具や設備を使ったイリュージョンじゃなくて、テーブルの上での気軽に見られるようなちょっとしたものがさ」

観客のすぐ目の前で演じられる所謂クロースアップマジックというもの。僕の感覚では、『日常の謎』は、そのアプローチに極めて近い。気軽さ、というのがポイント。

佐久間さんによると、最近の若い人は、殺人事件とかそういう陰惨なものを疎《うと》む傾向にあるようで、若い読者層を狙《ねら》うのであれば、『日常の謎』を目指すのもありだと言っていた。

ただし、所謂『本格ミステリ』を好む読者層には、この軽めの読み口が少し物足りなく思えてしまうこともあるので、なかなか難しい。

まあ、すべてのミステリファンに好まれるミステリなんて存在しないのだから、ターゲットを絞るのはデビュー戦略としては全然問題ないのだけど。

僕の説明が理解できているのかいないのか、寧子はわずかに小首を傾げる。

「……日常で起こった不思議な出来事って、たとえばどういうの？」

「何でもいいよ。有名なところだと、『逆両替』とか」

「ぎゃくりょうがえ？」

如何にも頭の中で漢字が変換できませんでした、というふうにおうむ返しをされる。僕は苦笑する。

「逆の両替だよ。『五十円玉二十枚の謎』っていう有名な話があってね。元々ミステリ作家の若竹七海《わかたけななみ》先生が体験した話がベースになっているんだけど……。ある書店に、毎週土曜日になると五十円玉を二十枚持って現れて、千円札へ両替だけして帰っていく男がいたんだって。何だか不思議な話だろう？　毎週五十円玉二十枚を千円札一枚に替えないといけない状況なんてなかなか想像できない。だからこの場合、男は何がしたいのか、という謎が生まれる。そういう謎を解き明かそうとする試みを、ミステリの世界では『日常の謎』と呼ぶんだ」

「へえ……ミステリって奥が深いんだねえ……。りーくんはすごいなぁ……」

寧子の言葉の端々からは、僕に対する畏敬の念が溢れている気がする。心地よくはあるのだけど、何だか世間知らずの子どもを言葉巧みに騙くらかしているようで、少し居心地が悪くもある。

「ちなみに似たような話で、五十円玉一枚を五円玉十枚に替えたがる男みたいな話もあるけど……たとえば寧子なら、この五円玉十枚の謎をどう解釈する？」

敏腕ミステリ編集者の佐久間さんに才能を見込まれる寧子の推理力には興味がある。もちろん、ミステリ作家の才能と推理の才能が別物であることは理解しているけれども、思考の方向性などは参考になるはずだ。

寧子は口元に手を添えて、うーん、と唸《うな》る。

「……情報が少なすぎるから、色々考えられるけど。たとえば、三・七五グラムの整数倍の重さのものを量りたかったとかかな」

「三・七五グラム？」

今度は僕が芸のないおうむ返しをしてしまう。何だその中途半端な数字は。

寧子は、コップの水をくぴりと一口飲んでから答える。

「……一円玉一枚が一グラムなのは知ってるよね？　それと同じように、五円玉一枚にも有名な質量が与えられてるんだよ。一匁《もんめ》って言うんだけど」

「匁——ひょっとして昔の重さの単位か？」

「うん。今でいう、三・七五グラム。何倍かして切りのいい数字だと、十五グラムとか、三十グラムとかかな。何かの都合で、このお客さんはそのあたりの質量を知りたかった。でも、近くに秤《はかり》や分銅がない。それで仕方なく、五円玉をたくさん用意してそれで代用しようとした、とか」

先ほどまでのおどおどした様子とは打って変わった、流暢《りゅうちょう》で論理的な語り口に僕は驚く。

佐久間さんが認め、蓮さんが天才と評したこの少女は、どうやら本当に頭の回転が速いらしい。

「すごいじゃないか。想定していた解とは違うけど、その思考は十分ミステリ的だと思うよ」

「そ、そうかな……まだちょっとよくわかってないけど……」

満更でもなさそうに、寧子は俯いた。たぶん僕と一緒であまり人に褒められ慣れていないので照れくさいのだろう。

「で、でも……そうじゃないなら、いったいどうして、五円玉を集めていたの……？」

興味深そうに、寧子は尋ねてくる。僕は頭の中で情報を整理して答えた。

「さっき寧子が、情報が足りないって言ってたのは事実でさ。実はこのときは、大《おお》晦日《みそか》だったとしたらどうかな？」

「大晦日……」考え込むように口元に手を添える寧子。「もしかして、二年参りのお賽銭が関係してる……?」

さすが、機転が利《き》く。僕は大仰《おおぎょう》に頷いて見せる。

「そう。この人は、お賽銭に願掛けをするタイプだったんだ。たまにお賽銭で五円玉を使う人がいるよね。『ご縁がありますように』って願掛けで。それと同じように、この人はより強い願掛けの意味を込めて、五円玉を九枚お賽銭にしようと思ったんだね。『始終ご縁（四十五円）がありますように』って」

「へぇ！　すごいすごい！」

無邪気に感心を示す寧子。素直な称賛は嬉しいけれども、別に僕が考え出したわけでもないのであまり喜べない。

「……とにかく」僕は気持ちを切り替えて話を結ぶ。「そんなふうに、何気ない日常の一コマから、意外な結論を導くのが所謂『日常の謎』だよ。ミステリに詳しくない寧子がまず取り組むなら、いい練習になると思うんだ」

ちょうどそのタイミングで、店員さんは注文の品を持ってきた。

僕はテーブルに置かれていたシュガーポットの蓋を開け、砂糖を一杯すくってカップの中に投入する。よく混ぜてコーヒーを啜ると、ちょうどいい濃さで、なかなか好みだ。

向かいの寧子は、ストローを咥《くわ》えて、ちゅーちゅーと美味しそうにバナナジュースを飲んでいた。うーん……こうして見ると本当に小学生にしか見えない……。

何気なく寧子から視線を外して、僕は店内を眺めてみる。

すると、先ほど飲み終わったカップが置かれていた窓際のテーブル席に、新しいお客さんが座っているのが見えた。いつの間にか人が増えていたようだ。

いつもならばすぐに興味を失って視線を戻すところだったが、何故か少しだけ気になった。僕は失礼にならないように、そっとその人物を観察する。

濃い灰色のパーカーに、黒のパンツという非常に地味な装い。おまけにキャップを目深に被っている。身体《からだ》のシルエットから女性であることは窺えるが、顔がよく見えないので何とも言えない。寧子でさえ、店内では帽子を脱いでいるというのに、未だにキャップを被り続けている。オシャレとはほど遠いが、親近感の湧くファッションだ。

もしかしたら、ああいう恰好なら寧子ももう少し自信を持って街を出歩けるのかもしれない。僕は寧子に顔を寄せて囁《ささや》く。

「……窓際の席を見てみろ」

「――?」

不思議そうに首を傾げながらも、寧子は僕の言ったとおり窓際へ視線を向ける。

「ああいう恰好なら寧子も人目を気にせず――」

ちょうどそのとき、店員さんが彼女のテーブルへコーヒーを運んだ。

女性は、シュガーポットを開け、コーヒーの中へ砂糖を一杯、二杯――。

そこで僕は眉を顰《ひそ》める。女性はそのまま七、八杯の砂糖を入れたのだ。

甘党だとしても、さすがに多すぎる。ブラックコーヒーが苦手な僕でも、一杯入れれば十分なくらいなのに。

僕らが密かに見ているのにも気づかず、女性はスプーンでカップの中身をかき混ぜる。女性の頬《ほお》に一筋の汗が流れた。今日は決して暑くもないのにどうして……？

疑問ばかりが募る中、女性はカップの中身を一気に飲み干す。そしてハンカチで口を拭《ぬぐ》うと、すぐに席を立ってそのまま店を出て行ってしまった。

僕は寧子と顔を見合わせる。

寧子は怯《おび》えたように小声で言う。

「も、もしかして最近は、喫茶店に長居すると店員さんから怒られるとか、そういう社会になってるのかな……？」

「そんなことはないから安心しろ」

社会不適応者を宥《なだ》めたところで、ピンと閃いた。

もしかしたら今の……『日常の謎』として使えるんじゃないか……？

先ほども話題に出した『空飛ぶ馬』に収録されている短篇「砂糖合戦」では、シユガーポットの砂糖を何杯も紅茶の中に入れて飲む女性グループが登場したが、今僕らが目にしたのは、たった一人で大量の砂糖をコーヒーに入れて飲む女性だ。

何故女性は、一人であれだけ大量の砂糖を使ったのか。

これは、推理次第ではなかなか面白い謎になりそうだ。

僕は少しわくわくしてくる。

「寧子。今のを『日常の謎』として捉えてみないか？」

「え？」寧子はキョトンとする。

「どうして今の人は、一、二杯で十分な砂糖を七、八杯も入れたんだろう？　その理由を探れば、立派なミステリになると思うんだ」

「あ……そっか。さっきのお話の続きだね」得心したように彼女は手を合わせた。

「でも、情報が少なすぎるんじゃない……？」

「そこは想像力で補えばいいよ。別にそれが事実である必要もないんだ」

言いながら、頭の中で必死に推理を固めていく。

確かに寧子は頭の回転が速いかもしれない。でも、ミステリ好きという点では、確実に僕に軍配が上がるのだ。だから、今見たものをミステリ的に解釈すれば、それなりの答えに辿《たど》り着けるはず……！

そしてそれを寧子に披露《ひろう》すれば、それは今度こそ百パーセント僕の推理なのだから、彼女の称賛は正真正銘余すところなく僕のもの。僕は今夜気持ちよく眠れるという寸法だ。

　コーヒーを思考のガソリンとして代用しながら、懸命に思考を進め――そしてついに僕は、ある一つの結論に至る。

　すべての状況証拠が、僕の推理が無二の真実であることを示している！

　僕は少しだけ胸を張り、眼鏡の位置を直して告げた。

「――わかったよ、寧子。彼女が一人でたくさんの砂糖を使った理由が」

「え、本当？」寧子は興味深そうにわずかに身を乗り出す。「りーくんのミステリ的解釈、すごく聞きたいな……！」

　一見、小学生にしか見えないにせよ、女の子から期待されるというのは、僕の人生でほぼなかった経験なので大変嬉しい。

　ますます増長しながら、僕は推理を語る。

「彼女は――糖尿病だったんだ」

「糖尿病？」

　寧子は不思議そうに首を傾げた。僕は頷いてみせる。

「そうだ。順を追って説明しよう。まず彼女は自由が丘の街を何気なく歩いていた。しかし、その途中で突然、低血糖状態になってしまった。これは糖尿病治療薬の副作用でよくなるんだ。低血糖状態になると、異常な空腹感や動悸《どうき》、そして冷や汗などの症状が出る」

　穏やかな気候の今日、普通は汗を搔かない。つまりあれは、普通の汗ではなく冷や汗だったと考えるのが妥当《だとう》だ。

「低血糖状態を解消するには、砂糖を摂取するしかない。そこで彼女は、たまたま近くにあったこの喫茶店へ飛び込んだんだ。そしてコーヒーを注文し、大量の砂糖を入れて飲んだ——。これが答えさ」

「砂糖合戦」の探偵役の落語家円紫《えんし》さんも驚く、完璧な推理だった。

　寧子は驚いたように一度大きく息を呑み——。

　それから怖《お》ず怖ずと言った。

「……二点、かな」

「は？　二点？　気になるところが二点あるってこと？」

「……ううん。今の、りーくんの推理の点数が」

「え、何点満点だよ。まさか十点満点ってことはないだろ？」

　そんなに悪いはずがないという想いを込める。寧子は首を振った。

「……ううん。百点満点の二点だよ」

「…………」

思っていた十倍は悪かった。

百点満点の二点って。減点よりもむしろ加点部分のほうが気になるレベルだわ。

寧子は申し訳なさそうに続ける。

「……えっとね、もしも本当に今の人が低血糖になっていたのだとしても、喫茶店に入ってくる可能性はすごく少ないと思うの」

「なんでそんなこと言い切れるんだよ」

「だって……自由が丘にはたくさんの自動販売機があるから」

寧子はバナナジュースを一口啜ってから続ける。

「歩いていて低血糖になってしまったのなら、自動販売機でスポーツドリンクみたいなジュースを買って飲んだほうが効果的だよ。ほら、よく成分表示に果糖ぶどう糖液糖って書いてあるでしょう？　あれで簡単に低血糖は解消できる。それに安いし。道端で百五十円くらいで解決する問題を、わざわざ喫茶店に入って、コーヒーが出てくるまで待って、それからようやく解消しようなんて、普通の感覚なら考えもしないよ」

反論も思いつかない徹底したロジックに僕は閉口する。

「あともう一つ言うなら、このお砂糖はブドウ糖じゃなくてショ糖——つまり二糖のスクロースだよ。スクロースは、体内の分解酵素スクラーゼによって分解されなければブドウ糖にならない。つまり、血糖値を上げるのに時間が掛かってしまうの。だから、低血糖症状改善には適さない。以上の二点から、りーくんの推理は限りなく事実である可能性が低いという結論に至らざるを得ないの。でも、可能性としてはもちろんゼロじゃないから、その分を加味して二点くらい、かな」

思いのほか饒舌かつ淡々《たんたん》と僕の推理を否定するものだから、僕としても面白くはない。

「じゃ、じゃあ、寧子はどうしてさっきの女の人が、何杯も砂糖を使ったと思うんだよ」

子供じみた抵抗。否定するなら別の仮説を出せという暴論。

てっきりまた気弱に謝られるものかと思ったが、しかし寧子は、うーん、と一度唸ってからあっさりと答えた。

「たぶんだけど……あの人は、お砂糖を、い、い、入れることが、目的じゃ、な、な、なかった、んだと思うよ」

「砂糖を入れることが、目的ではない……？」

「うん。つまりね……えっと……もう！　鬱陶《うっとう》しいなぁ！」

急に苛立たしげに前髪を手で払うと、ポシェットの中から取り出したヘアピン二本で前髪を雑に留めた。

初めて僕の前に晒《さら》される、寧子の素顔。猫のような大きな瞳を好奇心で輝かせ、興奮したように白い頬はわずかに上気している。

完璧なる黄金比。それは蓮さんをそのまま小さくしたような、驚くべき美少女だった。

「――――」

思わず息を呑む。まさかこんな重苦しい前髪の中から、嘘みたいに綺麗な顔が出てくるなんてまるで想像していなかった。今さらながら、心臓がドキドキしてくる。

しかし、そんな僕の緊張など知るよしもない寧子は、邪魔な前髪を除けて心なしかすっきりしたように続ける。

「つまりね、あの人には、お砂糖を入れることそれ自体ではなく、お砂糖を入れる動作そのものが重要だったんだよ」

「砂糖を入れる……動作……？」

半ば停止した思考のまま、僕はおうむ返しを繰り返す。

気にした様子もなく、うん、と寧子は頷いた。些細《ささい》な動作が、一々とても絵になる。

「彼女はね、シュガーポットの中に隠したあるモノをこっそり回収するために、シュガーポットからお砂糖をすくってはカップに入れて、という動作を繰り返してたの。それでようやく八杯目で目的のモノを回収できたから、コーヒーを飲む振りをして口の中にソレを含んで、最後ハンカチの中に吐き出したんだよ」

「ど……どうしてそんなことが言えるんだよ……。それにあるモノっていったい……?」

頭が上手く回っていないこともあって、どうしてそんな論理展開になるのか理解が追いつかない。寧子は、腰が抜けるほどの魅力的な笑みを浮かべて僕の問いに答えた。

「彼女が回収したモノ――それはね、結婚指輪だよ」

「なっ……!」

思わず声が出る。寧子のロジックがまったく理解できない。どうしてシュガーポットの中に結婚指輪なんてものが入っているのか。彼女はいったい何者なのか。そして何を根拠にそんなことを言っているのか。

言いたいことは山ほどあったが、上手く言葉が出てこない。

寧子は、そんな僕に言い含めるように、丁寧に話を続ける。

「多分に想像で補っているところがあるけど……状況的には間違ってないと思う。

まず、りーくんは根本的な部分で一つ、誤解をしているの」

「ご、誤解って何だよ……?」

「さっきのコーヒーの女の人だけど、最初私たちが喫茶店に入る直前にすれ違った女の人と同一人物だよ」

確かに喫茶店に入る直前、スーツの男性とお洒落なワンピースの女性の二人組とすれ違った。顔は覚えていないけど、何となく綺麗だった印象がある。対して、先ほどの砂糖をたくさん使っていた女性は、地味な服装で目深にキャップを被った、僕らに似た暗い印象の――。

「まさか変装だったのか!」

スクールカースト最下層だったからこその気づき。地味な服を好んで着る理由――それは、目立たないためのささやかな工夫なのだ。逆に言えば、目立ちたくないときには、地味な服を着るのが一番……っ!

「つまり、一度店を出たあとで、何らかの理由で店まで戻らないといけなくなったが、怪しまれないために変装をして再び来店したのだと……?」

「そのとおり」さながら天使のように、寧子は微笑んだ。「さっきりーくんは、冷や汗を搔いていた、って言ってたけど、そうじゃなくてあれは急いで戻ってきたから普通に汗を搔いていただけだと思うよ。たぶん、おうちも近いんだろうね」

「で、でも、どうして変装してまで、店に戻らないといけなかったんだよ……？　何か忘れ物をしたとかなら、そのまま戻って店員さんに説明すれば問題なく回収できそうなのに……」

「そのヒントは、私たちがお店に入ってすぐのときにあったよ」

「入ってすぐ……？」

そのときのことを思い出そうとしてみるが、特に不思議な点はなかったはずだ。

「落ち着いて情報を分析してみて。私たちがお店に入ったとき、店内にはお客さんが誰もいなかったよね？　つまり、入店するときにすれ違った男女が最後のお客さんだった、ってことになる。あの二人が仲睦まじげでただならぬ雰囲気だったのはりーくんも見ていると思うけど……だったらさ、おかしなことに気づかないかな？　私たちがお店に入ったとき、窓際のテーブル席と奥のカウンターの二箇所に飲み終わったコーヒーカップが置かれていたのは何故？」

「ああっ！」

僕はようやくその不自然さに気がついた。

あのとき、ぽつんとカップが置かれていると感じた。ペアで置かれていたのであれば、少なくともそんな感想は抱かないはずだ。

つまりあの二人は、喫茶店内にいたときは、それぞれ別の離れた席に着いていたということになる。

では何故、一緒に仲睦まじげに出てきたのか。

「……もしかして、偶然会ったのか？」

「うん。そう考えるのが自然だと思う」寧子は頷いた。「たまたま二人は、何の示し合わせもせずにこのお店にやって来た。男の人が奥のカウンター、女の人が窓際のテーブルに着いていたんだと思う。そしてそれぞれでコーヒーを楽しんで……男の人が先に店を出ようとした。でも、お店の奥からレジまで歩く途中では、必ず窓際のテーブルが目に入る。そうしてそのときになって初めて男の人は、知り合いの女の人がいることに気づいた。二人は極めて親しい間柄だった。だから男性は声を掛けた」

容易にその光景は想像できる。だが……何かがおかしい。何故こんな不安な気持ちになるのだろう。固唾を呑んで寧子の言葉に耳を傾ける。

「男性から声を掛けられて、女性も初めて男性の存在に気がついた。まさかこんなところにその男性がいるとは思ってもおらず、とても驚いたんだと思う。だから咄《とっ》嗟《さ》に——結婚指輪を外してシュガーポットの中に隠したの」

「……待て。そこが論理の飛躍だろう。どうしてそんな結論になるんだよ」

「女性が既婚者で、男性はその浮気相手だったからだよ」

冷徹なまでに淡々とした口調で、寧子はそんな救いのない結論を口にした。

絶句する僕に、寧子は懇切丁寧に説明していく。

「論理的に考えて、そう解釈するのが一番自然なの。女性はたぶん、既婚者であることを隠して、男性と浮気していた。男性と会うときはいつも結婚指輪を外していたんだね。でも、今日は男性と会うつもりがなかったからいつもどおりに結婚指輪をしていた。そんなとき、突然浮気相手の男性から話しかけられたんだから、きっと心底驚いたはずだよ。それでも咄嗟に指輪を外すことは忘れなかった。なかなか徹底してるね。でも、最大の問題は、外した指輪をどこに隠すかということだった」

寧子は人差し指をピンと立てる。

「候補その一、左手薬指以外のどこかの指に嵌《は》めてしまう。まず思いつく方法だけど、たぶんあの女性は普段からファッションリングを嵌めていなかった。だから今日に限って、指輪を嵌めていたら怪しまれるかもしれない、という恐怖からその選択は採れなかった」

続けてピースをするように中指もそっと立てる。

「候補その二は、ポケットなどに仕舞うことだけど……。不幸にもあのとき彼女が着ていたのはお洒落なワンピース。だから指輪を隠せるようなポケットはなかった」

店から出てくる女性を見掛けたとき、寧子が苦手そうなデザインだ、と思ったのは直前にポケット云々の話をしていたからだったのか……。呆れるほど素直な自分に辟易《へきえき》する。

寧子は三本目に薬指を立てた。

「そして候補その三は、バッグの中だけど……。通常、二人掛けのテーブル席に一人で座るときには、荷物は自分が座らない反対側の座席に置いてしまう。つまり、簡単には手が届かない場所であり、咄嗟の隠し場所としては使えなかった。バッグからものを取り出す振りをして指輪をしまう手もあったのかもしれないけど……自然な動作でそれができるほどの度胸もなかったんだろうね」

「……つまり、指輪を隠す場所はもう、テーブルの上のどこかしかなかったってことか」

「うん。そういう意味で、シュガーポットの中は最適だったね。スプーンで奥のほうへ押し込んでしまえば、万が一自分が回収しにくるより先に誰かがテーブルに着いてしまったとしても、指輪を探し当てられる可能性は低くなる。幸か不幸か、今回はすぐにまた自分が同じ席に着けたために、なかなか指輪を探り当てることができず、怪しまれない動作で指輪を探すために仕方なくコーヒーに何杯もお砂糖を入れる羽目《はめ》になった、って感じかな。強いて言うなら、シュガーポットに指輪を隠す動作が少し不自然に見えるかもしれないけど……まさか相手の男性も中に結婚指輪を隠しているとは考えもしないだろうし、自分のカップに追加の砂糖を入れる振りでもすれば不自然さはかなり拭い去れると思うよ」

それから寧子は改めて正面の僕を楽しそうに見やる。

「どうかな、りーくん。私ならそんなふうに考える、けど、こ、れは……ミステリ……なの……かな……」

それまで饒舌に喋《しゃべ》っていたはずの寧子は、突然ゼンマイが切れたオモチャのように途切れ途切れに喋り始める。いったい何事かとよくよく彼女の顔を見てみると、大きな双眸《そうぼう》には今にも零《こぼ》れ落ちそうなくらいの涙を湛え、先ほどまで白かった顔は熟れた林檎《りんご》のように真っ赤になっていた。

「あ、あわ……あわわ……」

口元をわななかせたと思った次の瞬間、彼女は慌ててヘアピンを外して顔を隠してしまった。それからほとんど涙声で言う。

「ご……ごめんなさい……ちょ、調子に乗りました……許してください……」

急な豹変《ひょうへん》に僕も戸惑うばかりだ。

「お、落ち着け寧子。どうした……？　何があったんだ……？」

「うぅ……わ、私……昔から、余計なものが見えすぎちゃう、悪い癖があって……。だから……普段は余計なものを見ないように……前髪を下ろしてるの……。でも……不思議なモノを目にすると、つい興奮しちゃって……」

「……我を忘れて、推理に没頭してしまうと？」

こくりと、とても申し訳なさそうに寧子は頷いた。

もしかしたら、以前それで何かしらの失敗をしてしまっているのかもしれない。

でも――それよりも今、僕はとても興奮していた。

寧子が饒舌に語った推理――それは紛《まぎ》れもなく、ミステリそのものだ。

素直に認めるのは、正直悔しいけれども……雛森寧子には、確かにミステリ作家としての才能があるようだった。僕などとは比べものにならないほどの、『本物』の才能。

「ああ……くそっ……羨《うらや》ましいなあ！」

「えっ……え？」動揺する寧子。

僕は、ガシガシと乱暴に後頭部を掻いてから、独り言のように続ける。

「やっぱ佐久間さんはすごいよ。的確に才能見抜くんだもん。あれで性格がもう少しよければ最高なのにな」

「えっ……何の話……？　りーくん、もしかして私のこと、嫌いになって無視してる……？」

　不安そうに眉尻を下げる寧子。僕は苦笑して首を振った。

「違う、その逆だ。きみの才能をたった今認めたところだ。本当はコンビ作家なんて面倒だし、やりたくなかったけど……きみと一緒ならやれそうな気がしてきた。寧子のそのミステリの才能と、僕の文章があれば、きっと僕らは立派なミステリ作家になれる！」

　逸《はや》る気持ちを、必死に抑える。こんなに現実でワクワクしたのは生まれて初めてだ。

　まさかとは思うが、これも全部佐久間さんの計画の内なのだろうか。だとしたら、あの人は本当に悪魔だと思う。それもラプラスの悪魔みたいなヤバめのヤツ。

　僕は気持ちを鎮《しず》めるために、テーブルの上の水を一気に飲み干して、氷もガリガリと噛《か》み砕く。

「――とにかく、改めて僕にきみとのコンビ作家をやらせてほしい。きみの閃きを、僕が文章にする。だから寧子は、気にせずどんどん調子に乗って余計なものをたくさん見ていってほしい。余すところなく、僕がそれを物語にしてみせるよ」

　寧子は、少しだけ逡巡《しゅんじゅん》を見せてから、安堵《あんど》したようにふわりと笑った。

「……こ、こちらこそ、よろしくお願いします。その……私、りーくんとコンビになれて、よかった」

それは今日初めて聞いた、彼女の本心からの言葉のような気がした。

5

『これよこれ！　私があなたたちに求めていたのは、まさにこの方向性よ！　やるじゃない君島くん！　やはり私の目に狂いはなかったわ！』

電話口の向こうで、佐久間さんは興奮したように叫んだ。

喫茶店での一幕から一週間後。僕は寧子の許可を取り、「砂糖対戦」という短篇を書き上げた。これは実際に僕たちが登場する物語であり、もちろんデビューのために書いたわけではなくただの習作なのだけど、試しに佐久間さんに読んでもらったら未だかつてないほど褒められたのだった。

『この方向で、次も進めてちょうだい。また面白い物語を期待しているわよ』

次も期待している、なんて言葉が佐久間さんの口から出るなんて思ってもいなかったので、逆に僕は不安になる。

「……失礼ですが、本物の佐久間さんですか？　僕の知ってる佐久間さんは、褒め言葉を持たずに生まれてきてしまった悲しきモンスターのはずなのですが」

『珍しく褒めてやってるんだから、素直に受け取りなさいよこの卑屈者が。あまり下らないこと言ってると着信拒否にするわよ』

「本物だ！」

罵倒で本人確認をするのもどうかと思うが、どうやら電話の向こうは本物の佐久間さんらしい。ということは……やはりこの称賛は、現実ということか。

これまでずっと足踏みしてばかりだったけれども、ようやく一歩前に進めたような気がした。

電話を切ると、僕は早速、少し高めのケーキと面白そうな中古ゲームを買って、雛森家へ向かう。これも、半分くらいは寧子のおかげなのだから、何かお礼をしなければならないと思ったのだ。

実はあの日以来、雛森家には毎日のように顔を出している。というのも、蓮さんがいつも晩ご飯を振る舞ってくれるからだ。蓮さんは見目麗しいだけでなく、料理の腕もピカイチで、いつもコンビニ弁当か、お金がないときは塩味のパスタを啜るだけの食生活をしていた僕にとっては神にも等しい存在へと昇華している。

寧子も随分と打ち解けてくれたようだが、自然で流暢な会話はまだ難しいようで、今もどこか話す言葉は、ぎこちなく辿々しい。

少しずつ、馴れさせていくしかない。

マンションのエントランスを潜り、オートロック横のパネルで雛森家へ繋ぐ。

『あ、ハリーくん。いらっしゃーい』

明るいいつもの蓮さんの声に癒やされる。

オートロックを潜って、エレベータに乗り込む。

佐久間さんに褒められた記念のケーキとゲームは喜んでもらえるだろうか。

女の子にプレゼントなんてしたことがないから、そもそもこれが正解かどうかもわからないけれども。

ミステリとは違って、人生には正解がないのだ。

今さらながらに、そんな当たり前の事実を思い知らされる。

エレベータは目的の階で停止した。廊下を進み、僕は雛森家のインターフォンを押した。

返事はなかったが、ガチャリ、と鍵の開いた音が聞こえた。

いつもならすぐに蓮さんが素敵な笑顔で出迎えてくれるはずなのに、妙だな、と思いながら、ドアを開く。

すると、その先にいたのは、蓮さんではなく寧子だった。

彼女は、いつもどおりの着る毛布を纏いながら、気まずそうにもじもじと立っている。

寧子の真意がわからない以上、僕も対応が思い浮かばず、バカみたいに寧子を見つめて立ち尽くす。

やがて一分ほど経過したところで、寧子は蚊の鳴くような声で言った。

「そ、その……りーくん……いらっしゃい」

どうやら寧子はわざわざ僕のために、出迎えをしてくれたらしい。

引っ込み思案のコミュ障でどうしようもなかった、あの寧子が。

その事実が、彼女の成長が、何故だか妙に嬉しくなって、僕は知らずのうちに笑みを零していた。

そして、万感の思いを込めて返す。

「お邪魔します、寧子」

ともあれ。

僕と寧子のコンビ作家生活は、まだ始まったばかりだ——。

第2話

傘を折る男

Episode 2

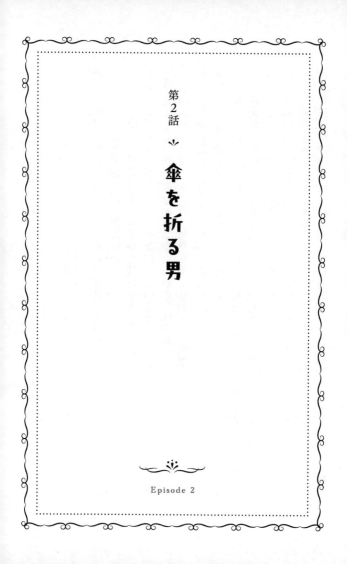

1

身体《からだ》に纏《まと》わり付く湿気を払うように、僕は全力で駆けていた。

じっとりとした不快な汗が額に浮かぶ。

小さな頃から、部屋の中で本ばかり読む生活をしていたので、運動はからきしだめなのだが、今はそのようなことを言っている場合ではない。

とは言っても、別に邪知暴虐《じゃちぼうぎゃく》の王に親友を囚われているといったのっぴきならない事情があるわけでもない。ただ単純に邪知暴虐の編集者、佐久間《さくま》さんとの打ち合わせの約束に遅れそうなだけなのであった。

無造作に袖《そで》で汗を拭《ぬぐ》い、懸命に足を動かす。

幸いにして雨はまだ降っていないが、空は気が滅入るほどの曇天《どんてん》。つい先日、気象庁は関東地方の梅雨《つゆ》入りを発表したが、五月の中頃からしばらく天気が崩れがちだったので、ようやくか、という気持ちが強い。

梅雨は本のページが湿気《しけ》ってしまうので嫌いだ。何より外出する時の億劫《おっくう》さと言ったら、年間を通して随一と評しても決して過言ではない。

こんな日に呼び出すなんて、何たる極悪非道——と恨むが、そもそも一週間まえから予定されていたことであり、さしもの悪徳編集者も一週間後の天気までは読めまいと思い直し、心を静める。対応の悪さのため忘れがちではあるが、そもそも作家でもない僕のために色々と手を貸してくれていることだけは紛れもない事実なので、多少の不利益は我慢しなければならない。

無理矢理自分を納得させて、僕は予定時間ギリギリのところで、待ち合わせのファミレスへ飛び込む。出迎えてくれる店員さんに断りを入れてから、佐久間さんの姿を捜す。

店内最奥のボックス席に、彼女は座っていた。お疲れさまです、と声を掛けて、僕は向かいに腰を下ろす。佐久間さんは、食べていた和風ハンバーグセットから顔を上げ、不機嫌そうな視線を向けてくる。

「私との約束に遅刻してくるとはいい度胸ね」

「遅刻はしていません」

腕時計を確認するが、約束の十一時まではあと三十秒もある。

「私より遅く来た時点でそれはもう遅刻なのよ」

「理不尽が過ぎる……」

げんなりしながら、僕は店員さんにたらこクリームパスタを注文した。

しばしの沈黙。ハンバーグの切り崩し作業を再開しながらも、佐久間さんはちらとこちらを見やる。

「もしかして雨降ってきた？」

「いえ、曇ってはいますけど、まだ降ってはいませんね。何故です？」

「だってあなた、びしょ濡れよ？」

言いながらハンカチを差し出してくれる佐久間さん。こういうところは、ちゃんと社会人然としていて優しい。僕はありがたくハンカチを受け取る。

「これはただの汗です。走ってきたもので」

素直に答えると、佐久間さんは顔をしかめた。

「……ばっちぃからこっち寄らないでね。そのハンカチもあげるわ」

「僕の汗のどこが汚いって言うんですか。このハンカチもちゃんと洗って返しますよ」

「非モテ陰キャ大学生ワナビの汗なんて汚物以外の何だというの？」

「…………」

この人はどうしてこうも的確に人を傷つける言葉が吐けるのだろうか。前世で徳を積みすぎて、今世では逆に毒しか吐けない呪いでも掛けられてんのか？

僕はあらゆる不平を飲み下して、ハンカチで汗と、ついでに湿気で曇った眼鏡も拭う。認めるのは非常に悔しいが、ハンカチは何故かやたらといい匂いがした。

丁寧にハンカチをポケットに仕舞い込んでから、改めて佐久間さんに向き直る。

「それで、本日はどういった呼び出しでしょうか」

何気ない質問だったが、佐久間さんはぴたりと食事の手を止めて僕を見やる。

「……本当にわからないの？」

途端、剣呑《けんのん》としか言いようのない邪悪な目を向けてきた。空とぼけようかとも思ったが、僕だって命は惜しいので大人しく答えた。

「……プロットの催促、ですよね」

「そうよ」

にべもなく肯定される。

「前回、なかなかよくできた原稿を提出してもらってからもう一ヶ月以上経っているわ。そろそろ次の短篇なりのプロットを出してもらってもいい頃合いだと思うけど」

「……それがなかなかいいアイディアを寧子が出してくれなくて」

正直に答えるが、佐久間さんはまた不機嫌そうに片眉を吊り上げた。

「あなたが寧子ちゃんの閃《ひらめ》きをサポートしないからよ」

「そう言われましても、僕にできることにも限界がありまして……」

控えめに、自分に瑕疵《かし》があるわけではないことを進言してみる。

そもそも寧子には本当に驚くほどミステリに関する知識がない。逆にこの情報過多の時代に生まれてよくそこまでミステリに触れずに過ごしてこられたものだと、いっそ感動してしまうほどだ。

つまり『ダイイングメッセージ』と聞いて、『冷蔵庫のホワイトボード』を想像するような人間（所謂《いわゆる》、使い古された『ダイニングメッセージ』的なボケだ）と、どうやってミステリのトリックについて話し合えばいいのか、未だに答えが見つけられていないのである。

この現状で、ミステリのプロットなどできるはずもない。

嚙《か》んで含めるように僕の心労を伝えてみるが、鬼の編集者は取り合う気配を見せない。

「でも、それだけミステリの知識がないのに、ちゃんとミステリらしきものを書いて私のもとへ送ってきたのは紛れもない事実よ。ということは、その圧倒的な潜在能力を引き出せない君島《きみしま》くんのコミュニケーション能力に問題があるのでは？」

「……ひょっとして、手心という言葉をご存じない？」

「生憎《あいにく》と私の辞書には、『手心』と『配慮』と『思いやり』という言葉は載っていないの」

捨てて燃やせ、そんな辞書。

だが、確かに思い返してみればそれらに準ずる行為を佐久間さんから受けた記憶がなかった。有言実行の女、佐久間栞《しおり》。本当に顔がいいことだけが取り柄だ。

「――とにかく」佐久間さんは、ハンバーグの最後の一欠片《ひとかけら》を上品に口に運ぶ。

「あなたたちにコンビを組ませたことは間違いじゃなかったと、今でも思っている私の期待を裏切らないでちょうだいね」

「期待していただいているのは大変ありがたく思いますが、具体的にどうすれば……？」

「いきなりすごい本格のプロットを練《ね》ろうとしてもたぶん無理でしょう。このまえの短篇はよかったんだから、とりあえずあの方向でまた考えてみたら？」

日常の謎の方向性か……。実は僕も最初その方向でやっていこうと思っていたのだけど、意外と謎作りが難しくて停滞してしまっていた。人が死ぬ本格のほうが、ある程度パターン化できているのでやりやすいとさえ言える。

そのためこれまでは本格路線で考えていたのだけど……確かに、今の寧子の状態ならば、もう少し習作を重ねてミステリのいろはを理解させたほうがいいかもしれない。

しかし……日常の謎かぁ……。

僕は内心でため息を吐く。決して日常の謎が嫌いというわけではないのだけれども、僕自身これまで本格路線を書いてきているので、そもそも何から考えればいいのかよくわからない。

このままえみたいに、偶然それらしい謎に出くわすなんてこともないだろうし……。

「せっかくだし、寧子ちゃんをまた外へ連れ出してみたら？」さも妙案が思い浮かんだように佐久間さんは言う。「あの子どうせまたずっと家の中なのでしょう？」

「それは……そうですけど」

曖昧《あいまい》に肯定する。確かにあの日以来、寧子の『社会復帰更生プログラム』は行われていない。実際には何度か散歩くらい誘ったのだが、天気が崩れがちになり彼女に断る口実を与えてしまっていた。多少関わりを深くして改めて知ったが、寧子は本当に恐るべき出不精《でぶしょう》だった。

しかも、基本的には気が弱くネガティブなくせに、言い訳となると異様に口が回るため、僕もつい、なら今回は止めておこうか、となってしまうのもあまりよい傾向とは言えない。自慢ではないが、僕は流されやすいタイプなのだ。

「なら決まりね。寧子ちゃんを外へ連れ出しなさい。新しい刺激があれば、彼女も何か閃くでしょう。それに――」

佐久間さんは、したり顔で言った。

「古今東西、名探偵というものは事件を引き寄せるものよ」

2

一度自分の部屋へ帰って身を清めてから、いつものように雛森《ひなもり》姉妹が暮らす自由が丘の高級マンションを訪れると、リビングの隅に黒くてもこもこした物体が転がっていた。

そのすぐ側では、蓮《れん》さんが腰に手を当てて怒ったように佇《たたず》んでいる。

オートロックの暗証番号は教えてもらっているし、僕が来る時間帯には部屋の鍵も開けていただいているという好待遇であるため、いきなり遭遇した状況が理解できずに困惑してしまう。

「……あの、お邪魔します」

何らかの修羅場であろうかと思いながら恐る恐る声を掛けると、蓮さんは神が気まぐれに作りたもうた完璧なる造形の顔をこちらへ向けて微笑《ほほえ》んだ。

「あ、ハリーくんいらっしゃい。ごめんね、ちょっとバタバタしてて」

人々に祝福を知らせる天上の鐘の如き美声には、怒気のようなものは微塵《みじん》も感じられない。どうやら少なくとも修羅場ではないようだ。僕は胸をなで下ろして歩み寄る。

「何事ですか？」

「それがね……」蓮さんは困ったように頬《ほお》に手を添えた。「寧ちゃん、ダンゴムシになっちゃって……」

改めて蓮さんの足下に転がる物体に目を向ける。よく見るとそれは、いつものように着る毛布を身に纏った寧子が小さく身体を丸めて蹲《うずくま》っている姿だった。

「……なんでダンゴムシになってるんですか」

「寧ちゃん、拗《す》ねるとダンゴムシになっちゃうの」

ものすごい特異体質だった。

僕は呆れ半分に感心しながら、ダンゴムシのもとへ歩み寄って屈み込む。

「……おーい、寧子。大丈夫か？」

表面に触れて軽く揺すってみるが、ダンゴムシは何も答えずにジッとしている。

重症だ。

「で、何が原因で拗ねてるんです？」

「実は、そろそろ寧ちゃんを美容院へ連れて行こうと思って」

「美容院？」意外な言葉に僕は目を丸くする。「それでどうしてこうなるんです？」

「何か、美容院は陽キャの巣窟《そうくつ》だから行きたくないって」

「偏見《へんけん》が過ぎる……」

　思わず呆れる。

　しかし蓮さんの言うように、現状、寧子は髪が伸び放題でホラー映画に出てくる幽霊のようになってしまっているので、髪は絶対に切ったほうがいいとは思う。というか、長すぎる前髪で隠されているが、寧子は蓮さんに匹敵するほどの美形なのでそれを出していかないのはあまりにももったいない。

「そもそもこれまではどうしてたんですか？」

「もっと短いときは私が切ってあげてたんだけど、ここまでになるとさすがに手に負えなくて。せっかくなら可愛くしてあげたいでしょう？」

　困ったように蓮さんはため息を吐いた。美容院の話題を出してしまったため、放っておいたら自分で勝手に切ってより悲惨なことになりそうなので、目が離せないといったところか。

　状況はある程度理解できたので、僕は再び寧子に語りかける。

「……寧子。実は今まで隠してきたけど、僕も髪は美容院で切ってるんだ」

「――えっ？」

　丸まって頑なになっていた寧子が初めて反応を示す。むくりと顔を起こし、まるで信じていた飼い主に裏切られた仔犬のような目で僕を見やった。

「ど、どうして……？」

「どうしてと言われても」

美容院くらいでそこまで悲愴《ひそう》な顔をしないでもらいたい。というか、僕のことを何だと思っているのか。

「今どきは陰キャでも美容院くらいは普通だよ」

「……陰キャ専用の美容院があるの？」

「いや、ないけど……」

やだろ、そんな美容院。陰キャの僕でさえ行きたくないわ。

「髪型って第一印象の中でもかなりウェイト高いから、陰キャほど一般人を装うために髪型には気を遣うようになってきてるんだよ。悪目立ちしたくないだろ？」

「それは……確かに……」

寧子はもぞもぞと身体を動かして丸まりを解き、床に正座した。頭全体を覆うように猫耳フードを被っているが、覆いきれない長い髪が隙間から零れ出て新種の妖怪みたいになっている。

ちなみに偉そうに講釈を垂れているが、僕自身、美容院に行き始めたのはこの春からである。バイト先の同僚であるギャルに熱心に勧められたためだ。

しかし、寧子が話を聞く気になってくれたのはよい徴候《ちょうこう》だ。髪型だけでも何とかしてしまえば、服は蓮さんがセンスのいいものを選んでくれるわけだし、一気に引き籠もりも解消するかもしれない。そうすれば、多少コミュニケーションも取りやすくなって、プロットの話し合いも進みそうだ。

　僕は未来への展望を明るくしつつ、説得を試みる。

「寧子だって髪が長すぎると色々と面倒だろ？」

「……うん。トイレとか……よく紙じゃなくて髪でおしりを拭きそうになる……」

　考えたこともなかったけど、ここまで髪が長いと便座に座るのだって気を遣うのだろう。ならば尚《なお》のこと、特にこだわりがないのであれば、もう少し短くしたほうが楽だろうに。

「寧ちゃんが引き籠もっちゃったの高一の冬だから、ざっと三年弱は切ってないことになるかなあ」

　さらっと重たいことを言う蓮さん。だが、寧子自身はさして気にした様子も見せなかったので、僕もあまり気にしないことにする。

　正直どうして寧子がここまでひどい引き籠もりになってしまったのか、その理由については、気にならないといえば嘘になるけれども、大方気持ちのいい話でもないだろうし、僕のほうからは触れないようにしているのだった。

　気を取り直して、説得を続ける。

「それに髪を切りに行ったら、蓮さんがご褒美くれるかも」

「ご褒美……？」興味を引かれたように寧子は蓮さんを見上げる。

蓮さんは想定していなかったようで一瞬たじろぐが、すぐに機転を利《き》かせ、腕組みをした。

「ご褒美ねえ……寧ちゃん何なら喜ぶかなあ……。ケーキでも作ってあげようか？」

「……ケーキは一昨日作ってもらったよ」

そういえば、先日僕も手作りケーキをご馳走になった。

「お姉ちゃん、りーくんが来るようになってから、よくケーキ作ってくれるようになった」

「だって……ハリーくん何でも美味しいって食べてくれるから嬉しくて」

蓮さんは世界中の男性が腰砕けになるような愛らしいはにかみを浮かべた。

この麗しの美女は、料理とお菓子作りが趣味なのだが、これまでは寧子が小食であったために存分にその腕をふるうことができないでいたらしい。おかげで僕は毎回来る度に美味しいお菓子やごはんをご馳走になっているのだった。

しかし……そうなると、手作りケーキでは寧子的に特別感がないからご褒美にはならないか……。何とも贅沢《ぜいたく》な話だ。蓮さんの手作りケーキなんて、世に出したら一ホール一万円でも飛ぶように売れるぞ。

蓮さんは、うーん、と唸る。

「それじゃあ、特別にハリーくんにお泊まりに来てもらおうか」

「――お泊まり！」

途端、寧子は長い前髪に隠された双眸を輝かせた。

「お泊まりってことは……夜遅くまで遊んでても……？」

「その日だけは、特別に許しちゃう。朝までゲームやるのも、許可しようかな」

「す……すごい……！」

両手を組み合わせて、寧子は恍惚《こうこつ》とした声を上げる。

対する僕は予想外の急展開に目を白黒させる。

「と、泊まりって……本気ですか？」

蓮さんの顔色を窺うが、まったく気にした様子もなく、うん、と頷いた。

「ハリーくんが嫌じゃなかったらだけど。あ、もちろんバイト代は出すよ」

「いやいやいや、バイト代なんて受け取れませんよ！」慌てて両手を振って固辞する。「そうではなくて、若い女性が二人で暮らす部屋に、僕のような得体の知れない男子大学生を気軽に泊めるというのは、如何《いかが》なものかと……」

「得体の知れない男子大学生じゃなくて、ハリーくんだから大丈夫だよ」

春の晴天のような気持ちのいい笑顔でそう言ってから、蓮さんは寧子に向き直る。

「だから、ね？　寧ちゃん、美容院行こう？」

「行くぅ！」

黒もこ寧子は、普段の覇気がない様子とは打って変わり、元気よく手を上げた。

3

僕と寧子は、蓮さんの行きつけだという指定された美容院の前に佇み、その威容《いよう》に圧倒されていた。

自由が丘から東急大井町線《とうきゅうおおいまちせん》で旗の台《はただい》まで行き、そこでさらに池上線《いけがみせん》に乗り換えて雪が谷大塚《ゆきがやおおつか》までやって来た。初めて降りた駅だったので興味深く周囲を眺めながら、怯《おび》えきって小動物のようになっている寧子の手を引いて歩く。商店街は今どきにしては珍しく活気づいている。自由が丘とは異なり、お洒落《しゃれ》というよりは昔ながらのどこか情緒溢《じょうちょあふ》れる落ち着いた印象だ。住みやすそうな街だな、と思う。

地図アプリによると、目的地は駅からほど近い場所にあるようだ。買い物帰りなのか、前カゴと後ろカゴに荷物を満載した自転車群を避けながら歩を進めると、すぐに到着した。

ガラス張りの入口からは、暗色系でまとめたシックな内装が覗いている。予想外に大人な雰囲気。僕も寧子も大人とは言い難い微妙な社会的地位の存在なので、本当にこんなところに入っていいものかと気後《きおく》れしてしまう。

そもそも、てっきり蓮さんが付いてきてくれるものと思っていたが、『社会復帰更生プログラム』の第二回として僕が同行することになった。蓮さんと寧子の二人では、あまりにも寧子が気配を殺しすぎてしまい、社会経験の積み重ねにならないから、ということらしい。家族だからこそ逆にうまくいかない状況もあるのだろう、と思い直し、また佐久間さんに寧子を外へ連れ出せと言われていたこともあり、僕は快くこの一件を引き受けたのだが……。

いざこうしてお洒落すぎる店を前にすると緊張してしまう。先ほど寧子には偉そうなことを言ったが、僕だって生粋《きっすい》の陰キャなのでこういうところはあまり得意ではないのだ。というか、寧子は昔ここへ通っていたらしいのに、僕と同様の反応なのはいったいどういうことなのか。少しくらいリードしてほしい。

しかしながら、蓮さんが予約をしてくれた時間が迫っていることもあり、ままよ、と覚悟を決めて自動ドアを潜る。

受付にいた美女は、にこやかに、いらっしゃいませ、と挨拶してくれる。

当然、寧子は応対できるはずもなかったので、代わりに僕が答えた。

「……予約している雛森です」

「ああ、蓮ちゃんの妹さん！」店員さんはすぐに得心がいったというふうに相づちを打った。「お荷物、お預かりしますね」

寧子は怖《お》ず怖ずとポシェットとキャスケットを女性に渡す。まるで武器を取り上げられる捕虜《ほりょ》のようにも見えて何とも憐《あわ》れだ。

それでは先に髪を濡らしますね、と言われた段で、僕は尋ねる。

「あの、僕はただの付き添いなんですけど、どうすればいいですか？」

「でしたら、そちらでお待ちください。すぐにお茶をお持ちしますので」

示された窓際には、バーカウンターのような背の高いテーブルとスツールが据えられている。お洒落感がとどまるところを知らない。

それでは遠慮なく、とそちらへ向かおうとしたところで、シャツの裾《すそ》を掴《つか》まれる感触。振り返ると、寧子が長い前髪の奥から縋《すが》るような目を向けていた。

寧子の社会経験のためにはこの手を振り払うべきなのかもしれなかったが、さすがに今にも泣き出しそうなこの社会不適応者を袖にできるほど僕も鬼ではないので、ため息を一つ零して店員さんに尋ねる。

「……あの、ご迷惑でなければ、僕も近くで見ていて構いませんか？　この子、ちょっと人見知りが激しくて」

一瞬不思議そうな顔をする店員さんだったが、すぐに笑顔で、大丈夫ですよ、と言ってくれた。いったいどういう関係に見られたのか気にはなったが、むやみに藪《やぶ》を突くこともあるまいと引いておく。

シャンプー台で丁寧に髪を濡らされたあと、寧子は通常のカット台まで移動する。その間も寧子はずっと僕の服の裾を摘まんでいたので、他の従業員の人やお客さんから不思議そうな目を向けられてつらかった。酷《ひど》い悪目立ちをしてしまっている。

ちなみにさすがの寧子もこの状況では抵抗できなかったようで、いつも顔を隠している前髪はタオルでまとめられ、今は綺麗な額と人形のように整った顔を大きな鏡の前に晒《さら》している。

鏡の中の自分とも目を合わせないよう、視線はずっと下がっていたけれども……。

しかし、こうして改めて見るとマジでびっくりするくらい可愛いので、驚き半分に、逆に戸惑ってしまう。普段の奇行があるため忘れがちだが、ちゃんとあの超絶美女の蓮さんの妹なのだと再認する。

妙な感慨深さを抱いていたところで、長身の男性がやって来た。

「お待たせしました。こんにちは」

男性はよく響くテノールで言った。

「ここの店長をしてる大崎上太郎《おおさきかみたろう》です。よろしく」

年の頃は五十代くらいだろうか。ハンサムなナイスミドルで、女性客からの人気が高そうだ。多少気圧《けお》されながらも僕は答える。

「えっと、付き添いの君島です。今日はよろしくお願いします」

「君島くんね。来てくれてありがとう」

気さくに肩を叩《たた》いてくる。さすがコミュ強接客業、距離の詰め方が上手い。

「寧ちゃんも来てくれてありがとう。久しぶりだけど元気してた？」

「あぁ……うぅ……」寧子は顔を真っ赤にして俯いて唸《うな》る。

「寧子は『ご無沙汰しています。とても元気です』と言っています」

適当に通訳してみた。大崎さんは快活に笑って、それはよかった、と言った。

「随分伸びたね。今日はどれくらい切ろうか？」

「うぅ……ぉ……ん……」

「さすがにわからんて」

早速匙《さじ》を投げる。こんなことなら事前に打ち合わせをしておけばよかった。しかし寧子はそれ以上言わず、目尻に涙を浮かべながら僕に必死の思いを伝えてくる。

何でもいいから任せる、ということだろうか。

本当に僕が決めてしまってよいものかどうか判断に迷うけれども……まあ、寧子がいいなら、いいのだろうと勝手に決めることにした。

「それじゃあ、後ろは蓮さんと同じくらいの長さに整えてください。前髪は……何センチ切る？　十センチくらい？」

寧子はぶるんぶるんとすごい勢いで首を振った。その長さだと十センチ切っても目に被るぞ。

「九センチ？」ぶるんぶるん。「じゃあ……七センチ？」ぶるんぶるん。

「……わかった。でもせめて五センチは切ろう。さすがに今のままだと長すぎる」

寧子は逡巡とともに熟考を示し……最後には折れるように小さく頷いた。前髪オークションを微笑ましげに眺めていた大崎さんに、そのようにお願いします、と伝えると、かしこまりました、と恭しく頭を下げられた。

色々と想定外のことが続いたが、とりあえずは第一関門突破といったところだろうか。

僕は、寧子のすぐ隣に用意してもらったスツールに腰を落ち着けて、一息吐いたのだった。

4

実に当たり前のことなのだろうが、大崎さんは慣れた手つきで伸びすぎた寧子の髪を手際よく切っていった。ショキショキというハサミの音が心地よく、何だか眠気を催してしまう。

「君島くんはさ」不意に大崎さんが語りかけてくる。「寧ちゃんの彼氏？」

「ははっ、ご冗談を」僕は軽く受け流す。「ただの友だち……というか、作業上のパートナーというか……まあ、そんな感じです」

改めて問われると、僕と寧子の関係を人様に十全に説明するのは意外と難しかった。『仕事上の』という前置きができれば簡単なのだが、生憎《あいにく》とまだデビューしていないので、どうしても曖昧《あいまい》な説明になってしまう。普通の友だち、というのも何だか違う気がするし……。

おぼろげな返答だったが、大崎さんは興味深そうに、へえ、と相づちを打つ。

「蓮ちゃんから何となく寧ちゃんの近況は聞いてたけど、楽しくやってるみたいでよかったよ。一緒に小説書いてるんだって？　すごいなあ、僕なんかなかなか本も読めないのに」

「僕にしてみれば、楽しく雑談しながら丁寧に髪を切るほうがよほど難しく思えますよ」

「ははっ、ありがとう」爽やかに笑う。「どういう小説を書いてるんだい？」

「小説はまだちゃんと書いてるわけじゃないんですけど……推理小説を書きたいなと思っています」

「推理小説というと……シャーロック・ホームズみたいな？」

「まあ……そうですね」

厳密にいえば、僕らが目指しているのは所謂『新本格』という日本独自のムーブメントなので、一般の人が考えるホームズ的探偵観とは少し異なるのだけど……そこまで説明したところで意味もないと思ったので大人しく肯定しておく。

「でも、なかなか面白そうな謎が思い浮かばなくて、今は少し停滞しています」

「面白そうな謎か……」大崎さんは一度手を止めて思案顔をする。「そういえば、このまえちょっと変わった人を見たよ」

「変わった人？」

「うん。雨の日にね、傘を折ってたんだ」

◆

それはある日の帰り道のこと。

翌日が休みということもあり、店の近くの飲み屋でつい旧友との深酒《ふかざけ》に耽《ふけ》ってしまった大崎は、多少の反省をしつつ帰路に就いていた。

先日梅雨入りが発表されたとおり、しとしとと昨夜からの長雨が続いている。気温も下がってこの時期にしては妙に肌寒い。襟元《えりもと》を閉じて、気持ち足早に歩を進める。

傘を握る手もすっかり冷たくなっている。せっかくのほろ酔い気分が台なしであった。

踏みしめるアスファルトはしとどに濡れて、ぬらぬらと不気味に蠢《うごめ》いて見える。取り立てて怖がりというわけでもなかったが、その日はやたらと薄気味悪く感じた。どこからともなく響くカラスの鳴き声もそれを増長させる。

嫌だなあ、怖いなあ、などと思いながら歩いて行くと、駅にほど近い歩道の隅に妙な人影を見つけた。

サラリーマンふうの、スーツを着た若い男だった。

男は、大きな手提げの鞄を脇に抱えながら、ビニル傘を街路樹に叩きつけていた。

テニスラケットの素振りの要領とでも言おうか。何度も何度も、繰り返し傘を振るう。その度に、バシン、バシンという鈍い音が周囲に響く。

雨脚《あまあし》は強く、男の頭から足下まで全身はびしょ濡れだったが、気にした様子もなく男は奇行をくり返す。

激しい打擲《ちょうちゃく》のためか、傘の骨は折れてボロボロになってしまっていた。

このままでは街路樹が傷んでしまう。酸いも甘いも嚙み分けた大人として一言注意しようと思った大崎だったが、そのまま傘で殴り掛かられる危険性もあったので迂闊《うかつ》に声も掛けられない。

それほどまでに、男は鬼気迫る形相《ぎょうそう》であった。

やがて男は、振るう腕を止めると、肩で呼吸をくり返しながら、ボロボロの傘を握って駅のほうへ走り去って行った。

大崎の側を通り抜けるとき、「これでバレない……」というどこか安堵《あんど》を思わせる呟《つぶや》きが、鉛色の雨空に溶けていった――。

◆

「――っていうことがあったんだけど、何だったんだろうねえ」

相変わらず自然にハサミを動かしながら、大崎さんは話を締める。

長年の接客業で身についた技術なのだろうか。

情感たっぷりな大崎さんの語りに惹きつけられて、僕は思わず呟く。

「『傘を折る女』だ……！」

え、と大崎さんと寧子が同時に声を上げた。

「あの、りーくん……？　こ、これは男の人の話だよ……？」

外で、尚かつ人目があるためか、寧子は普段よりも怯えを強めながら伏《ふ》し目がちに言った。

咄嗟《とっさ》の言葉とはいえ、誤解を与えてしまったか。僕は、ごめんと謝る。

「えっと、似たような話が有名なミステリにあるんだ。『傘を折る女』って言うんだけど……」

僕は二人に概要を説明する。

「傘を折る女」と言えば、島田荘司《しまだそうじ》先生の知る人ぞ知る傑作中篇の一つだ。雨の夜に傘を折る女を見た、というエピソードから天才・御手洗潔《みたらいきよし》が論理の限りを尽くして奇想天外な真相を導き出すというストーリーである。

日常で見掛けた何気ない不思議を解き明かす、という意味では、『日常の謎』の亜種であるとも考えられる。

「へえ……面白そう……」興味を持ったように寧子は呟く。

「偶然ってあるものだね」と大崎さん。

確かにすごい偶然ではあるが、これは僥倖《ぎょうこう》だ。

大崎さんの語る、言うなれば「傘を折る男」の話は、今の僕らにとってまさにおあつらえ向きの謎と言えるだろう。

何よりもミステリ好きとして、この謎を放置しておけなかった。

「もしよかったら、少しその謎について考えてみませんか？」

「それはいいけど……僕もこれ以上のことは知らないよ？」

「大丈夫です。わからない部分は想像と推理で補完しますから」

興奮で早口になってしまっているのを自覚して、意識的にゆっくりと語っていく。

「まず確認したいのですが、そのときの車通りはどうでしたか？」

「車通り？　うーん、それほど頻繁《ひんぱん》にじゃないけど、そこそこ車は走ってたんじゃないかなあ。どうしてだい？」

「『傘を折る女』の作中では、傘は道に置いて車に轢《ひ》かせて折っていたんです。でも、道に車が走っていたにもかかわらず、あえて街路樹に傘を打ち付けるという重労働を選んだということは……傘を折ること自体よりも、その行為自体を重視していた可能性があります」

頭の中で、先ほど見た地図アプリを思い出す。

雪が谷大塚駅は、中原《なかはら》街道という東京と神奈川を結ぶ主要道路に面している。一日を通して車通りは多いはずだから、傘を壊したいだけならば車に轢かせるほうがよほど楽で確実だ。にもかかわらずその選択をしなかったということは、結果よりも過程を重視していたのではないだろうか。

解決編の名探偵よろしく気持ちよく語る僕に、大崎さんは首を傾げて見せた。

「その行為自体ってことは、傘を折りたかったわけじゃなくて、街路樹を傘で殴りたかったってこと？」

「そう考えるのが妥当です。問題は、そのことでどんなメリットを得たのかということですが……残るヒントは、最後の呟きだけですから難しいですね」

これでバレない、というのは、誰に何がバレないのだろうか。

逆に考えるなら、街路樹を傘で殴らなければ、誰かに何かがバレてしまうということ。

「安堵していたように感じられたということは……もしも何かがバレてしまったら、男は不利益を被っていた可能性が高い。つまり、その不利益を除くために、傘を打ち付けていたのでしょう」

「でも、具体的には何のために？」

当然の疑問。さすがにまだそこまではわからない。

寧子は僕らの会話に入ってはこず、黙ったまま俯いている。せめて話は聞いてくれていると信じて、僕は推理を続ける。

「街路樹って、具体的には何の樹かわかりますか？」

「イチョウだよ。秋は道沿いが黄色くなって綺麗だから」

イチョウか……。これが桜だったら、樹の下には――。

「ひょっとして、男は樹の下に何か人に見られたら困るものを埋めていたんじゃないですか？」

「困るもの？　たとえば？」

「たとえば……人の死体とか」自分で言いながらあまり現実的ではないなと思った。「……まあ、そこまでではないにしろ、タイムカプセルとか。中学生の頃の日記とか入れてたら、それだけで黒歴史ですから、もし昔そこにタイムカプセルを埋めていたのであれば、万が一掘り返されないように、その上に生えている樹の強度を確かめることは自然でしょう」

「なるほど。傘で樹を叩いて、それが丈夫であることを確かめていたってことか」

感心したように言ってから、大崎さんは、でも、と続ける。

「それなら、蹴ったほうが確実じゃないかな？　それに無理に雨の日にびしょ濡れになりながら確認しなくても、機会はほかにもたくさんありそうな気がするけど」

「…………」

言われてみれば、それが理由ならば別に雨の日に傘を使う必要もないのか。それに、確かに蹴ったほうが絶対に効果的だろう。ならば——この仮説は残念ながら却下だ。

「ということは、やはり傘を使う必要がある理由を探さないといけませんね。傘はコンビニで売ってるようなビニル傘だったんですか？」

「そうだね。少なくとも高級品には見えなかった」

安物の傘だから壊しても大丈夫だった、というのは関係がありそうだ。問題なのは、傘を打ち付ける行為で、誰に何がバレなかったのか、ということだけど……。

そのとき、僕の脳に雷の如き天啓《てんけい》が走った。

「……壊したかったのは、傘じゃないのかも」

大崎さんはまた首を傾げることで先を促す。

「男が壊したかったのは、傘じゃなくて自分の腕だった、というのはどうでしょうか」

「自分の腕？　つまり、怪我《けが》をすることが目的だったと？」

「そうです。これは完全に僕の想像なんですけど、男は何らかの技術を要する仕事をしていて、でもそれが納期までに間に合わなかったから、仕方なく怪我をすることで納期を延ばそうとした、とか」

自分で言いながら、これは結構よいアイディアなのではないかと思い始める。

たとえば、男は彫刻家で、締め切りに追われていたために怪我を装い、締め切りを延ばしてもらおうとしていた、とすれば筋は通りそうだ。雨に濡れていたことも、風邪《かぜ》を引いてより効果的に同情を引こうとした、と解釈できる。

「これでバレない」という呟きも、仕事が終わっていないことを指していた。怪我をした『振り』では駄目だった理由としては、診断書の提出を求められた場合を考慮してのことだろう。

完璧な推理だと鼻息を荒くして寧子を見やるが、当の寧子は俯きながら控えめに、

「……たぶん、違うと思う」

と呟くように言った。大崎さんはまさか寧子が否定するとは思っていなかったよ

うで、意外そうに口を開く。

「どうして、そう思うんだい？」

馴れない男性に問われ、怯えたように視線を泳がせながらも、恐る恐る答えた。

「その……ビニル傘、だからです……」

ビニル傘だから違う？

いったいどういうことなのか。僕は視線だけで寧子に続きを促す。

寧子は至極申し訳なさそうに、続ける。

「ビニル傘は……構造的にとても脆《もろ》いので、大人の男の人が怪我をするほど全力で樹に叩きつけたら、すぐに壊れてしまいます……。つまり、腕よりも先に傘のほうが壊れてしまうので、その行為によって怪我をすることはとても難しいんです……。だから、たぶん違う、と思います……」

寧子の言葉に、僕は台風のニュース映像を思い出した。

強風にあおられて骨や中棒が折れ曲がったビニル傘を必死に握って歩く人々の姿。

往々にして、彼らはびしょ濡れであっても怪我をしている様子は見受けられない。つまり、人間の耐久値よりビニル傘の耐久値のほうが圧倒的に低いために、人間が怪我をするよりもずっと小さな外力で先に傘のほうが壊れてしまうということだ。

　ならば……腕が壊れるほど全力で傘を樹に叩きつけたら、中棒が折れるなり曲がるなりして傘としての役割を果たさなくなる。先ほどの大崎さんの話では、骨は折れていても、傘としての形は保っていたようだった。これは男が、怪我をしない程度に力を調整しながら傘を破壊していたことを意味している。

　ということは僕の、怪我をするために樹に傘を打ち付けていた、という仮説は初めから成立していないことになる。

　完璧な仮説だと思ったのに……と肩を落とす。

　大崎さんは、寧子が意外なキレを見せたことに大層驚いた様子だったが、それ以上に僕の落胆を気にしてくれたようで、明るく言う。

「でも、君島くんの仮説も面白いと思うよ。男は傘を壊したかったんじゃなくて怪我をしたかった、というのはいいアプローチだったんじゃないかな」

「……ありがとうございます」

　気を遣って慰められるとかえってつらいものがある。

　だが、男が手加減をしながら樹に傘を打ち付けていたのだとしたら、やはり男の目的は行為そのものよりも、傘の破壊だったと考えるのが自然だ。

　つまり、最初の疑問に立ち返って、何故傘を折らなければならなかったのか、そして傘を折ることで、何がバレなかったのかということを考えていかなければならないことになる。

気を取り直して、ふむ、としばし考え込み、僕は新たな仮説を口にする。

「ならば……傘を差すことができない事情があった、というのはどうでしょう？」

「傘を差せない事情？」

「たとえば、一見すると普通のビニル傘にしか見えなくても、実は傘を開くと何かの絵や文字が書かれていたとしたら？」

僕の言葉に、大崎さんは一瞬だけ手を止めた。

「確かに……その可能性はあるね。傘は閉じられていて、えっと、留め具っていうのかな、傘が広がらないように巻くあのボタン付きの帯――」

「……『ネーム』です」

不意に寧子が口を挟んだ。

「傘の、胴に巻く、ボタンやマジックテープが付いたバンドの部分を『ネーム』と言います。昔はそこに名前を書くのが一般的だったので、そう名づけられたようです。他にも『胴ネームバンド』や単に『バンド』と呼んだり、様々のようですが……」

寧子からまた意外な指摘が入ったので大崎さんは驚きを示す。僕は僕で、よくそんなことを知っているなと別の意味で驚く。以前も五円玉の重さが一匁《もんめ》だということを知っていたし、どうやら僕が思っている以上に寧子は博識なようだ。

「ネームっていうのか。ありがとう、寧ちゃん」鏡越しに笑顔を向けてから、大崎さんは続ける。「とにかく傘のそのネームは外されていたけど、ただのビニル傘だと思い込んで何か書かれていたかどうかまではよく見てなかったから、可能性はあると思うよ。でも……」

器用にハサミを動かしながら、大崎さんは首を傾げた。

「もし、人に見られたくないような絵や文字が書かれていたのなら、こっそりその辺にでも捨てていけばいいのに。街路樹を傘で叩く非常識な人間が、傘を捨てることを躊躇《ちゅうちょ》するとも思えないけど」

言われてみればそのとおりだ。

大崎さんが飲んだ帰りということは、時間帯としては夜中だろうし、人通りがなかったのなら、こっそり傘を捨てていってしまうほうがよほど目立たない気がする。

会社などの出先で知らないうちに傘に落書きなどをされており、途中まで気づかずに差して来ていたものの、ついに気づき、しかもその傘をそのまま家まで持ち帰ることができない、といった事情ならば当然、壊すより捨てていく方法を選ぶはず。

わざわざ大きな音まで立てて傘を破壊する理由はない、か。

雨が降っているのに傘を持っていないほうが逆に目立つと考えて、傘の破壊を選択した可能性はもちろんゼロではないけれども、樹に傘を打ち付けて壊すという、より目立つ行為をしている時点で、目立ちたくなかったという動機は薄そうだ。

傘を開きたくなかったがために、あえて傘を壊すことで、『傘が壊れているから差せなかった』と周囲の人に思わせたかった、というのは「傘を折る女」の作中では本命の推理だったが……今回の話には当てはまらない、か。

いい方向性だと思ったけど……簡単そうに思えて意外と難しい問題だ。

とにかく、サラリーマンふうの男が、夜中に傘を壊すことでどんなメリットが生じるか、ということを考えていかなければならない。

そんなもの本当にあるのだろうか、と訝しみながら思考を進めて、僕はある恐ろしい考えに思い至る。

「……たとえば、ですけど。男は人を殺してきた帰りだった、とか……？」

「それは……何とも物騒な話だね」大崎さんは口を曲げる。「どうしてそう思うんだい？」

僕は頭の中で情報を整理しながら語る。

「どうして男は傘を捨てられなかったのか考えてみたんです。傘が捨てられなかったのは……それが凶器だったからです」

「凶器？　でもさっき、ビニル傘は脆いって……？」

「確かにビニル傘の殴打で人を殺すことはできないでしょう。でも、突き刺せばそれも可能です」

近頃は先端がプラスチックのものが主流になりつつあるが、かつてあったような先端が金属製のビニル傘であれば、十分凶器になる。実際、ビニル傘の刺突による死傷事故も過去には発生している。

「おそらく男は、何かの拍子に偶発的に人を刺し殺してしまったんです。当然、傘には指紋がべったり付いていますから現場には捨てていけません。男は傘を持ったまま急いで現場から離れました」

僕は男の様子を頭の中に思い描きながら、仮説を語っていく。

「そして現場から離れて、ようやく一息吐いたところで新たな不安に襲われます。それは、凶器となった傘をこのまま家に持ち帰ってもよいのか、ということです。犯人の心理としては、絶対的な殺人の証拠となる凶器などできるだけ早く処分したいはず。しかし、その辺に捨てていけば直ちに警察に見つかり、速やかに犯人特定に繋がってしまいます。では、どうすれば疑われることなく傘を処分できるか。コンビニなどの傘立てに挿しておいてそのまま放置することも考えたでしょうが、万が一監視カメラにでも写ってしまったら面倒です。つまり、誰にも疑われることなく傘を処分するには、一度持ち帰って、指紋などを丁寧に拭き取ったあとで、家庭ゴミとして処分するのが一番安全なのです。ところが、ここでも問題が生じます。男には、家族がいたんです」

物語の名探偵よろしく、まるでさも見てきたかのように僕は得意げに眼鏡を押し上げて推理を語っていく。

「男は困りました。凶器に使ったとはいえ、まだ傘として十分使用できるものを処分するには、何らかの理由付けが必要です。決して高いものではありませんが、おそらくものを大切に使う性格の家族だったのでしょう。そこで止むなく、男は途中で傘を壊すことにしたんです。壊れた傘を、わざわざ家に置いておく理由はありませんからね。つまり男は、家族にバレないよう自然に傘を処分するために――傘を破壊したんですよ」

一分の隙もない完璧な推理だった。

僕は期待に満ちた眼差しを寧子へ向ける。ひょっとしたらこれで寧子もようやく僕の推理力を認めてくれるかも――。

しかし、そんな僕のささやかな望みは、寧子の可愛らしい唇から放たれた、たった一言の下に絶たれた。

「――五点」

ひどい既視感があった。まるで過去にも同じような状況に出くわしたような――。

「……ええと、寧子さん？　それは、十点満点中の五点ということでよろしいですか？」

「ううん、百点満点中の五点だよ」

「…………」

きっぱりと断言されて僕は閉口する。

寧子の豹変《ひょうへん》に大崎さんは戸惑ったような顔をするが、僕は二度目なのでそれほど驚かない。

いつも自信なげに目を伏せているはずの寧子は、顔を上げ、猫のような大きな瞳を爛々《らんらん》と輝かせながら、興奮したようにわずかに頬を上気させていた。

僕は一ヶ月ほどまえに、同じような状態になった寧子の姿を目撃していた。寧子によると、彼女は不思議な出来事に遭遇し、その答えを人に語ろうとするとテンションが上がり、このように新しいオモチャを前にした子どものようになってしまうのだとか。

寧子は普段のおどおどした様子からは考えられないような饒舌さで続ける。

「今のりーくんの推理は、試みとしては興味深いけど、やっぱり現実的にはありえないと思うよ」

「ど、どのへんがあり得ないかな……？」

僕だってこの推理には自信があるので、ただでは引けない。

「一番は男が殺人を犯した、ってところかな」寧子は容赦なく淡々と答える。「殺人の直後で、正常な判断力がなかった、っていう逃げ道はあるけど、仮に殺人の直後だったなら、やっぱり街路樹に傘を叩きつけるなんて目立つことはしないと思うよ。第一、雨が降ってたのであれば、傘を持ってるのに差さないほうがよほど悪目立ちしちゃうよ。閉じてる状態なら、それが壊れてるかどうかなんて遠目にはわからないはずだし。そもそも、傘を壊したいだけなら家に帰ってから、こっそり傘の骨を手で折ればいい。さっきも言ったように、ビニル傘なんて脆いんだから、力のある大人の男の人なら簡単に壊せるよ。つまり、傘を壊すことそれ自体が目的だったわけじゃないことがわかるね。もちろん、傘には壊れておいてもらわなければ困る事情もあったんだけど……それは今はおいておこうかな。何より――」

寧子は正面の大きな鏡越しに、煌《きら》めく瞳で僕を見つめた。

「りーくんは、ある重大な勘違いをしてるよ」

「か、勘違いってなんだよ……」

僕は気まずくなって視線を逸《そ》らした。いくら相手が寧子とはいえ、さすがにこれだけ綺麗な顔で真っ直ぐに見つめられたら、僕のような女性慣れしていない陰キャは恥ずかしくて照れてしまう。

しかし、そんな僕の心情などまるで気にした様子もなく、寧子は饒舌に続ける。

「りーくんは、無意識にこの男の人が何かの『帰り』だ、と思ったみたいだけど、そうじゃないんだよ。この男の人はね、これから『行く』ところだったの」

「……え？」

思わず真顔で声を上げてしまった。確かに僕は無意識のうちに、男がこれから家に帰るものだと思っていた。でも、何故それが違うのだと寧子にはわかるのか。そもそも、男はそんな夜中にどこへ行くつもりだったのか。

当然の僕の疑問は、次なる寧子の一言によって一瞬で氷解する。

「店長さんが男の人を見たのは——夜じゃなくて朝だよ」

「な……っ⁉」

僕は驚愕《きょうがく》に目を見開いて大崎さんを見る。しかし、大崎さんは逆に意外そうな顔で僕を見返した。

「あれ？　言ってなかったっけ？」

「聞いてないですよ……！」

先ほどの話では、時間に関する言及はなかった。だから、深酒の帰りだ、と聞いたら普通は夜中を想像する。まさか朝まで飲んでいたなんて……考慮すらしていない。

「ど、どうして、寧子はあれだけの話で朝だってわかったんだ……？」

「理由は色々あるけど……一番はカラスかな」

寧子は上機嫌に口元に笑みを浮かべながら答えた。

「カラスの鳴き声がして薄気味悪く感じた、って言ってたよね。カラスは基本的には昼行性《ちゅうこうせい》だから夜には鳴かないよ。だから、朝の生ゴミを狙《ねら》いに来たカラスだなってすぐにわかったんだ」

「で、でも！　夜中にカラスが鳴くことだってあるだろう！　僕も何度か聞いたことあるよ！」

「うん。寝床に外敵が入ってきたときか何かは声を出して威嚇《いかく》することもある。それにもっと繁華街の近くだと夜行性のカラスっていうのもいるみたいだね。でも、今回はそういう可能性は排除してもいいと思ったの」

「ど、どうして……？」

「だって、雨が降ってたんだから」

寧子は、当然のように言った。

「雨が降れば、当然空気を伝わるカラスの鳴き声は減衰して遠くまで響かなくなる。都会のカラスは神社や公園なんかの大きな木の上に巣を作る。でも、この近くに大きな神社や公園はないから、寝床で外敵に襲われたカラスの威嚇の声がこの辺まで響いてきたとは考えにくい。また、主要道路沿いの街路樹の上のように一日中騒がしい場所にカラスが巣を作ることはほとんどない。だから、店長さんが聞いたカラスの声は、どこか遠くから聞こえてきたものじゃなくて、本当にすごく近くで鳴いたものだった、と考えるのが自然でしょう。ならばそれは、夜中じゃなくて朝だった、と考えられる。ちなみに、雨でもカラスは普通に空を飛んでご飯を探すよ。さすがに羽が重くなると遠くへは飛べなくなるみたいだけど……自分の縄張り程度なら自由に移動できるから問題にはならない。また、それとは別に、店長さんは話の最後に空の様子を、鉛色だった、とも言っていたね。夜中なら鉛色、っていう表現は普通使わないと思うよ。夜中の雨空なんて真っ黒に決まってるんだから。それなのに敢《あ》えて、鉛色、と言ったのは、雲の色、つまり灰色をしっかりと認識できたってこと。これも夜中じゃなくて朝だったとする傍証《ぼうしょう》になるね」

　理路整然とした寧子の言葉に、大崎さんは髪を切る手を止めて呆然としていた。

　確かに寧子の言うことには一理あるし、何より大崎さん自身が朝の出来事だったと認めたのだから、それは紛れもない事実なのだろう。

だが……それが夜中ではなく朝だったからといって、何か状況が変わるのだろうか。

「『帰り』ではなく『行き』だったと考えると、傘を折っていることよりももっとずっと気になることが出てくるね。それは、もし男の人がこれから仕事へ行くところだったのだとしたら、どうしてびしょ濡れになることをよしとしたのかな？」

あっ、と僕は思わず声を上げる。

そうだ。傘の破壊に気を取られていてもっと根本的なことを見失っていたけれども、確かにこれから仕事へ向かおうとする人が、自らの意思でびしょ濡れになる、というのはあまりにも不可解だ。

びしょ濡れで職場へ行っても、メリットなど何一つとしてないだろうに……。

「だからね、この問題は発想を逆転させるの。どうして傘を壊すためにびしょ濡れになったのか、ではなく、どうしてびしょ濡れになるために傘を壊していたのか」

びしょ濡れになるために傘を壊した——つまり、寧子の言い方では、濡れることのほうが主であり、傘を壊していたのはその過程でしかないことになる。

「でも、そんな状況……あり得るのか？」

「確かなことは言えないけど、想像力を働かせてみればいくつかの状況は考えられるね」

　いとも容易《たやす》く、寧子は断言する。

「たとえば、この人には酷《ひど》い遅刻癖があった。何度も会社に遅刻して、その都度上司からは怒られていた。そしてついに、次に遅刻をしたらクビだ、とまで言われてしまう。男の人は、遅刻しないよう自らを戒《いまし》めて日々を過ごしていたけど……それでもついにまた寝坊してしまった」

　寧子が何の話をしているのかわからない。でも、関係ない話をするはずもないので、僕も大崎さんも黙って寧子の熱弁に耳を傾ける。

「起きてすぐ寝坊に気づいて、男の人は焦ったけど走ればまだ間に合う時間帯だった。外は生憎の雨だったけど、男の人は傘を差して駅まで懸命に走った。全力疾走のおかげで電車には間に合いそうだったけど……駅の近くまで辿り着いたとき、ある重大な問題に気づいてしまった。それは……走ってきたために、全身汗だくになっていたこと」

「あ……ああっ！」

　ようやく寧子が言わんとしていることがわかり、僕は頓狂な声を上げてしまう。

「まさか……自分が汗だくであることを誤魔化すために傘を壊したのか……!?」

「そのとおり」寧子はとても魅力的に微笑んだ。「それが論理的帰結だね。その日は涼しかったみたいだから、汗だくだったら走ってきたことは明らか。間に合うことが第一目標ではあったのだろうけど、上司から何故走ってきたのかを問われるのは都合が悪い。たぶん言い訳も上手くないんだろうね。このままではきっとすぐ、また寝坊したことがバレてしまう。間に合ったのであればクビにこそされないだろうけれども、叱られることは確実だと思われた。男の人にとって上司は、ほとんどトラウマみたいな存在だったんだろうね。だから男の人は、上司に叱られたくなくて、敢えて雨に濡れながら傘を壊していたの。全身が濡れていても不自然ではない状況を作り出すために」

僕は、今日のお昼時に佐久間さんに言われたことを思い出す。

彼女は、全速力で駆けつけて汗だくになった僕に向かって、雨が降ってきたのか、と尋ねた。つまり、今日の僕と同じようなことが、その男の身にも起こっていたということだ。

多分に想像力で補完されているけれども、決してあり得ないストーリーではないだろう。

何故こんな簡単な結論が導き出せなかったのか。僕は悔しくてほぞをかむ。

「さっき、傘が壊したいだけなら手で折ればいい、って言ったけど、傘が差せなくなるほど、つまりびしょ濡れで現れても自然なほど傘を壊すなら、何かに叩きつけるのが一番効率的だからそうしたんだと思うよ。たとえば、ピンポイントに傘の骨だけ手で折ったりしたら、逆に不自然に見えて、もしかしたら汗を隠すための偽装工作だったとバレてしまうかもしれない。骨の一本、二本折れたところで、全身がびしょ濡れになるほど傘が差せなくなるわけじゃないからね。あくまでも自然な感じで傘を破壊したかったから、人目も憚《はばか》らずに街路樹に傘を打ち付けて、それでようやくちょうどいい感じに壊れたから、『これでバレない』と安堵の声を漏らしたんだよ。いずれにせよ真っ当な判断とは言い難いけど……それもトラウマになっている上司からの叱責を逃れるために必死だったと考えれば十分に納得できる」

寧子の言うことが事実である保証は何もないけれども、少なくとも一つのミステリの解であることは間違いない。

僕らはミステリに登場する名探偵ではなく、ただの無責任な作家であり、これは想像力を使っただけの、ある種の知的ゲームなのだ。

だから一見して矛盾《むじゅん》がなければ――それでよい。

「……参りました」

僕は大人しくシャッポを脱ぐ。寧子はしばらく嬉しそうに、頰を上気させて、えへへ、と笑っていたが、すぐに普段の調子を取り戻すと、上気どころか顔を熟れたトマトのように真っ赤にして涙目でまた俯いてしまった。

僕は大崎さんに視線を向けて黙って頷いて見せた。

こういう子なのであまり追求しないであげてください、という想いを込めて。

ハンサムな美容師は、何も言わずに茶目っ気たっぷりなウィンクで応えて、またハサミを動かし始めた。

5

プロットではなくまた習作ですけど、と断りを入れ、今回の一連の出来事を小説風に仕立て佐久間さんに送ってみたところ、

『やればできるじゃない！　前回のものと比べたら少しロジックや伏線は弱いけど、初心者が書いたものなら十分及第点よ。プロットが難しいようなら、次からはこの方向性で送ってきてちょうだい。このまえの原稿、うちの編集長にも見せてみたけど、期待してるって言ってたから、この調子で頑張りなさい』

と、またもや人の心を持たない佐久間さんの言葉とは思えないほどに褒められてしまった。疑り深い僕は当然訝しむ。

「妙だな……。佐久間さん、ひょっとして今、何者かに背後から拳銃を向けられて脅されているのを、必死に伝えようとして心にもないことを言っていたりしませ

ん？」

『――一昨日は馬を見たわ。昨日は鹿。今日はあなた』

「ものすごく婉曲的に馬鹿だと言われた⁉」

名作古典ＳＦ「たんぽぽ娘」から引用して他人を貶《おとし》めるという高等テクニックを使って罵倒《ばとう》された。この人、性格悪いのに教養はあるんだよな……。これからは佐久間さんとの会話には気をつけようと心に誓う。

ともあれ何だかよくわからないうちに、いい方向に色々進んでいるような手応えがある。

髪を切った寧子も、いい感じにホラー映画の幽霊を卒業して、やや前髪の重いダウナー系美少女に生まれ変わった。

寧子を彼女のマンションまで連れて帰るや否や、待っていた蓮さんは黄色い歓声を上げた。

「きゃーっ！　寧ちゃん可愛い！　控えめに言って天使！　そんなんじゃ可愛すぎてお外出たらすぐ誘拐されちゃうから、もうずっとおうちにいたほうがいいよ！　私が一生養ってあげちゃう！」

「……？」

本末転倒すぎて、『社会復帰更生プログラム』とはいったい何だったのかと思わず首を傾げてしまった。

というか、蓮さん。ちょっと寧子のことが好きすぎるきらいがある。非の打ち所のない完璧美女だと思っていたが、もしかしたら意外と変わり者なのかもしれない、などと失礼な感想を持った。

さて、そんなこんなで、寧子が美容院へ行ってから十日が経過した。

週末の本日はドキドキワクワクのお泊まり会である。

本当のところは、せっかく蓮さんにお誘いいただいたものの、やはり倫理的に如何なものかと思ったので辞退させてもらおうとしていたのだが、当の寧子が非常に乗り気だったため、押し切られる形で予定どおり参加することになったのだった。

まあ、確かに考えてみればお泊まり会とは言っても、別に布団を並べて寝るわけでもなく、ただいつもより長く家の中で遊ぶだけの話。

つまり、お泊まり会というよりも、朝までゲーム会というほうが正確な催しだ。

それならば……間違いが起こることもあるまい、と自らを戒める。

いくら寧子が一つ年下の女の子と言っても、見た目も中身もどうしようもなく子どもっぽい。そんな寧子に劣情を催すほど僕も人間をやめていないつもりだし、また、蓮さんなどは高嶺《たかね》の花すぎてそんな劣情すら催せないほど神聖な存在だ。

冷静に考えてみると、倫理的な過ちが起こる可能性はほぼゼロだった。

それはそれでロマンスがなくて悲しいとも言えるが……まあ、高望みはしないのが僕の人生の処世術である。

ちなみに今日のお泊まり会に備えて、僕はバイト代をはたいて中古のミステリ系のゲームを買ってきていた。

本を読むと眠くなるという特異体質の寧子でも、これならばきっと楽しく遊びながらミステリのいろはを学べるはず、と考えたからだ。

そんな僕の目論見《もくろみ》は見事に当たり、寧子は初めての推理アドベンチャーゲームに戸惑いながらも、すぐに上達していった。

「――犯人はこのキャラクターだね。発言がいくつかの他の証言と矛盾してるし、犯行時刻が偽装されたものなら、その時間帯に現場に行けたのはこの人だけだもん」

「……寧子。そういう偽装工作を『アリバイ工作』というんだ」

「へえ……！　ミステリって奥が深いねえ……！」

予想どおりというか案の定というか、寧子は天才的な冴えを見せていとも容易く難事件を解いていってしまう。恐るべき頭の回転の速さに舌を巻くばかりで、ここまで圧倒的だと嫉妬心《しっとしん》すら生まれないのだと、新たな知見を得る。

しかし、おかげでミステリの基本くらいは仕込めそうなので、次からはもう少し、建設的な話し合いができるかもしれない、と展望を明るくする。

佐久間さんだけでなく、編集長にも期待されているのなら、デビューの日はそう遠くないかもしれない。

夢に向かって着実に進んでいる実感があるというのは、非常に心地よいものだ。ソファのすぐ隣に座り画面に集中する寧子から、高めの体温が伝わってくる。密かに思っていたが、寧子は子どものように体温が高めだ。今はゲームに集中するために、長めの前髪はヘアピンで留められている。

僕はすぐ隣にある作りものみたいに綺麗な寧子の横顔を見つめながらぼんやりと考える。

佐久間さんの言っていた、相棒、という言葉の本当の意味が、最近になってようやく少しだけわかりはじめてきた。

僕にできないことを寧子が補い、寧子ができないことを僕が補う。

欠けた者同士が二人で一人分の仕事をする——。

初めのうちはそんなふうに考えていたけれども、どうもそうではないようだ。むしろ寧子にできることを僕が補強し、僕にできることを寧子が補強して、結果、二人前にも三人前にもなり得るポテンシャルを発揮する——。

相補的、相加的どころか、相乗的な効果を生み出す。

それが、コンビ作家というものなのかもしれない、とそんなふうに思う。
まあ、偉そうなことを言いながらも、まだまだ駆け出しの半人前なのだけど。
得も言われぬ幸福に酔いしれながら、梅雨の夜はゆっくりと更けていく。
窓を穏やかに叩く雨のリズムが、子守歌のように眠気を誘う。
いつしか僕は、小さな相棒に身体を預けながら、夢の世界へ旅立っていた――。

第3話

背赤後家蜘蛛の会

Episode 3

1

「ねえねえ、ハリーさん。いい話があるんだけど」

バイト先の喫茶店で、同僚の赤坂《あかさか》さんが意味深な笑みを浮かべながら話しかけてきた。

ちょうど唯一いたお客さんが退店して、手が空いたタイミングだった。

記録的な酷暑《こくしょ》の続く八月上旬。連日不要不急の外出を控えるようテレビでもネットでもしきりにアナウンスされている影響か、近頃はすっかりと客足が遠退《とおの》いてしまっていた。

しかしながら、店長兼オーナーの初老ダンディ本宮《もとみや》さんは今日もニコニコと穏やかな笑みを湛《たた》えている。赤坂さん曰《いわ》く、元々この店は、店長が老後の趣味で始めただけなので、採算など端《はな》から度外視しているとのこと。それが事実なのであれば何とも羨《うらや》ましい話だが、雇われの身である僕としてはいつ首を切られるのかと気が気ではない毎日を送っている。

バイトは赤坂さんと僕の二人だけ。先に首を切られるとしたら、一年長く働いている赤坂さんではなく十中八九間違いなく僕のほうだ。

ちなみに赤坂さんは、バイトの先輩ではあるが、実は僕の一個下の大学一年生だ。高校時代からこちらでバイトを始めていたらしい。

赤坂岬《みさき》さんは、真っ赤に染めたショートカットが特徴的なギャルだが、陰キャの極みのような僕にも気さくに声を掛けてくれる優しい女の子だ。もし僕が雛森《ひなもり》家に出入りしていなければ、恋に落ちていたかもしれない。

僕は先ほどのお客さんが使用していたカップをトレイに載せながら会話に応じる。

「マルチと宗教勧誘ならお断りだけど」

「警戒心強いなあ、そんなんじゃないって。美人局にでも引っ掛かったことあるの？」

「いや、ないけど……」

なんでこのギャル、美人局なんて社会の闇知ってんだよ……。

「マルチでも宗教勧誘でもないなら、いい話ってなに？」

「割のいいバイトの話」

「闇バイトもＮＧだけど」

「だからそんなんじゃないんだって。誰にも迷惑を掛けずに、可愛い女の子と楽しく会話をしながらご馳走を食べるバイトだよ」

「そんな都合のいいバイトがあるわけないでしょ……」

早々に会話を打ち切り、僕は下げたカップをバックヤードの洗い場まで運ぶ。赤坂さんはひょこひょことカルガモの雛のように付いてきた。よほど続きを話したいらしい。

カップを温《ぬる》い水道水で洗いながら、仕方なく会話を続ける。

「……で、具体的にはどんなバイトなの？」

「あ、やっぱりハリーさんも興味あるの？　仕方ないなあ、ハリーさんにだけ特別に教えたげる」

如何《いか》にも待ってましたと言わんばかりの笑顔で、赤坂さんは赤い前髪を弄《もてあそ》びながら語る。

「実はそのバイトっていうのが、所謂《いわゆる》秘密クラブで」

「……秘密クラブ？」

令和の日本でそんな胡散臭《うさんくさ》い言葉を聞くことになるとは思わなかった。ますます訝《いぶか》しむ僕とは対照的に、赤坂さんは上機嫌に続ける。

「〈背赤後家蜘蛛《せあかごけぐも》の会〉っていうんだけど、アタシみたいな赤毛の人だけが集まった秘密クラブなんだー。そこで毎月最後の金曜の夜にみんなで集まって美味《おい》しいごはんを食べるだけで、一万円もらえるの。どう、すごいでしょ？」

「………」

いったい何と返せばよいのかわからず、閉口してしまう。

すごいというか……どう考えても怪しさ全開で戸惑うしかない。

ミステリで言うならば、「赤毛連盟」と『黒後家蜘蛛の会』を悪魔合体させたような秘密クラブだ。これで怪しくないわけがない。

「もしかして赤坂さんの家の近所に銀行とかあったりしない？」

「銀行？　特にないけど、どうして？」

「……いや、ないなら構わないんだけど」

さすがに現実的ではないか、と思い直し、僕は洗い終わったカップを水切りに置いて手を拭く。

「美味しいごはんを食べるだけでお金もらえるっていうのは、どういう原理なの？」

「主宰のノアさんっていう人が、ものすごいお金持ちで、暇を持て余してるんだって。それで自分と同じ赤毛の人を集めて毎月会食をしてるの。一万円は車代って名目だね」

ますます胡散臭い。

「ノアさんっていう人は、外国の方？」

「うーん、イントネーションの感じからすると多分日本人だと思うけど」

よくわからないけど……あまり深入りしないほうがよさそうだ。

「そもそもどうして赤坂さんは、そんな秘密クラブに入ってるの？」

「いや、なんか道歩いてたら知らないおじさんに声掛けられたの。『赤毛の人だけが入れる秘密クラブに入らないか。入ったら謝礼も出る』って」

怪しさ満点だった。それでよくOKしたな……変な犯罪に巻き込まれていても不思議じゃない状況だ。そういえば、赤坂さんは如何にもギャルな見た目で忘れがちだが、去年まで中高一貫の全寮制お嬢様学校に通っていたのだった。もしかしたらその影響でまだ多少浮世離れしてしまっているのかもしれない。まあ、お嬢様学校に通いつつ、長期休みには学校に内緒でバイトに精を出していたようだから、十分世間擦れしているような気もするけど。

「……まあ、いいや」僕は色々な問題を棚上げして話を進める。「それで、どうしてその話を僕に？　秘密クラブなら秘密にしておかないといけないんじゃないの？」

「それはそうなんだけど、本題はここからでね」赤坂さんは、意味深な笑みを浮かべて僕を見上げる。「実は会食のとき、毎回担当メンバーが〈ゲスト〉を連れて行かなきゃいけない決まりになってるの。ゲストの条件は、秘密を守れる口の堅い人、それから面白い人、って決まっててね。それで、次の会食の担当がアタシだから、ハリーさんに是非ゲストになってもらいたいなーって思って。ゲストにも同額のバイト代出るし……どう？」

　おねだりをするように赤坂さんは上目遣いをする。意外な言葉に僕は眉を顰《ひそ》めた。

「……自慢じゃないけど、僕は面白い話とかできないよ。他を当たったほうがよくない？」

「そんなことないよ！」赤坂さんは勢いよく両手を振る。「ハリーさん、十分面白いし変わってるよ！　ただの非モテ陰キャじゃないっていうか！」

「非モテ陰キャの部分は否定しないのか……」

　ちょっと傷ついた。あと変わってるという評価は些か遺憾だ。

「だってハリーさん、推理作家？　の卵なんでしょ？　店長が嬉しそうに話してくれたよ。そんな人、アタシの周りにはいないし！　だからちょっとそのあたりのお話も聞いてみたいなーなんて思ったんだけど……ダメかな？」

　そんな一昔まえの消費者金融ＣＭの仔犬みたいな目で僕を見ないでほしい。

　バイトの面接のとき、嘘を吐くわけにもいかないので、店長には僕がミステリ作家を目指していることは話してある。というか、店長がミステリ好きだったために採用されたと言っても過言ではない。

ただ、一見してギャルだとわかるこの年下の先輩には何となく言い出しづらくてこれまで黙っていたのだけれども……どうやらすっかりバレていたらしい。

僕は一度深いため息を吐く。

「……まあ、もしかしたら小説のネタになるかもしれないから、行くのはやぶさかじゃないけど、一つ問題があるよ」

「問題？」

「僕はコンビ作家——つまり、二人組の作家なんだ。で、僕は文章担当なんだけど、話を考えるのはからきしだめでね。だから、もし僕から面白い話が聞けると期待してるのなら、僕ではその期待に応えられないと思うよ」

正直に素直な所感を述べるが、赤坂さんは何も気にしていないというふうにあっけらかんと言った。

「じゃあ、もう一人も連れてくればいいじゃん」

2

約束の八月最後の金曜日。

待ち合わせの自由が丘駅前ロータリーで、相棒の雛森寧子《ねいこ》は真夏の残照の中にあってもがたがたと震えていた。

「……きょ、今日は何だか頭が痛くておなかが痛くて熱もある気がするし、やっぱり中止にしたほうがいいと思うな。ほ、ほら、こんな暑い日にお出かけなんかして熱中症になったら大変だし……」

「いい加減諦めろ」

まったくもってこのイベント参加に乗り気ではない寧子を宥《なだ》めつつ、迎えの車が来るのを待っていた。

引き籠もりの寧子にとって、知らない人との会食など未知との遭遇以外の何ものでもないため、最初は全力で参加を拒絶していたのだけれども、寧子の姉の蓮《れん》さんの指示もあって、なし崩し的に寧子も参加することが決まった。

神が気まぐれに作りたもうた天国的美女であるところの蓮さんは、引き籠もりの寧子に少しでも真っ当な社会生活を送らせるために、『社会復帰更生プログラム』なるプロジェクトを打ち立て、獅子《しし》が我が子を千尋《せんじん》の谷へ突き落とすような気持ちで最愛の妹に厳しい試練（という名のあくまでも皆が当たり前のようにやっている社会的営み）を強いている。

僕は、そのプロジェクトの実行役兼監視役に任命されており、毎度『社会復帰更生プログラム』に同行させられている。蓮さんが望むのであれば、僕は寧子と共に火の中でも水の中でも飛び込んでいく心構えだった。

そのような理由により、今日も今日とて寧子は強制的に外部と接触させられている次第だ。ちなみに寧子は、会食ということで普段よりもお洒落《しやれ》をしており、今日は涼しげな水色の総レースワンピースを纏《まと》っている。肩に掛かる髪もクリップで後頭部にまとめられており、相変わらず小学生のように体軀《たいく》は小柄なのに、今はどこか大人っぽく見える。

なお、家を出るまえは長い前髪もヘアピンで留められて、可愛い顔を表に晒《さら》していたのだけれども、エレベータですぐにヘアピンを外して、今はいつものように目元を隠してしまっている。

個人的には、せっかく蓮さんに似て整った顔立ちをしているのだから、もっと自信を持って人前に晒していけばいいのに、と残念にも思うが……まあ、無理強いをすることでもないので寧子の好きにさせている。

そのとき、ロータリーをぐるりと回る黒いリムジンが視界に入った。こんな場所に珍しいな、などと他人事《ひとごと》のように思いながらリムジンの行く先を視線で追っていると——何故か車は僕らのすぐ前に停車した。

まさか——、と冷や汗を搔き始める僕のもとに、運転席から降りてきた執事服の初老の男性が歩み寄る。

「君島《きみしま》様でございますね。お迎えに上がりました」

「……どうも」

圧倒されながらも、僕はかろうじて言葉を返す。

目の前に立っていたのは、どこに出しても恥ずかしくないほどの完璧な――。

「本日皆さまのお世話を担当させていただきます、辺利《へんり》と申します。何とぞよろしくお願いいたします」

まるで執事になるべくして生まれてきたような人だった。

深々と頭を下げる初老の男性。僕はもちろんのこと、寧子も頬《ほお》を引きつらせて固まっていた。駅前ということで、人目も集め始めていた。寧子を抱きかかえて逃げ出そうかとも思い始めたところで、辺利さんは涼しげな声で、どうぞ中へ、と車の中へ僕らを誘った。そして気がつくと、まるで魔法のように僕らは車に乗せられていた。

リムジンの中には、先客がいた。

「やほー、ハリーさん！」

燃えるような赤髪のギャル、赤坂さんだ。赤坂さんは夜会服とはとても思えないほとんど水着のような薄着で、おまけに惜しげもなく可愛らしいおへそを晒している。清楚《せいそ》な装いの寧子とはまるで正反対だった。

　直感的に寧子も苦手なタイプだと判断したようで目に見えて顔を強ばらせるが、赤坂さんにそのような心の機微《きび》など感じ取れるはずもなく、実に自然な仕草で寧子に身を寄せた。

「相方ちゃんも初めまして！　アタシはあか――じゃなくて、ジャクリーン！　今日はよろしくね！」

　明るく言って半ば強引に寧子の手を握って握手する。

　事前に聞いていたのだが、〈背赤後家蜘蛛の会〉では本名ではなく、特別な名前で呼び合うらしい。赤坂さんの会での名前はジャクリーンということらしい。

「あ……と。ふ、フレデリカ、です……。よ、よろしく……」

　全力で拒絶感を示しながら、それでも寧子はちゃんと挨拶を返した。フレデリカというのは、事前に決めておいた寧子の名前。どうやら更生プログラムの荒療治が僅《わず》かなりとも効果を上げ始めているようだ。寧子の完全な社会復帰もそう遠くないかもしれない。

　ちなみに会での僕の名前は、フレッドだ。怪しげな秘密クラブの会食で、本名を晒さなくていいというのは気が楽でいい。

「よろしくね、フレちゃん！」赤坂さんは実に気さくに寧子に語りかける。「他のメンバーもみんないい子ばかりだから、そんなに緊張しなくても大丈夫だよ！　面白いお話、いっぱい聞かせてね！」

「あぁ、うぅ……」

さすがに限界だったようで、寧子は俯いて口ごもってしまう。おそらく赤坂さんのような陽キャが他にもたくさんいるのだと知って心が折れてしまったのだろう。〈背赤後家蜘蛛の会〉には、現在赤坂さんを除いて五名の会員がいるらしいが、全員若い女性らしい。主宰の人も女性のようなので、まあ、変な出会い系の集まりということもないのだろう。そうでもなければ、さすがの僕も寧子を誘う決心などとてもできなかった。

いずれにせよ今は、挨拶ができただけでも上出来だ。僕は二人の会話に割り込む。

「ごめんね、この子人見知りが激しくてさ。今日は主に僕が彼女の通訳としてしゃべるから」

「そうなの？」目を丸くする赤坂さんだったが、すぐに優しく寧子に微笑み掛ける。「そか、ぐいぐい行っちゃってごめんね。今は多様性の時代だから無理しなくていいからね。あ、ちなみにハリーさんとアタシはただのバイトの先輩と後輩の関係で、それ以外の何でもないから安心してね！　アタシ、ちゃんと他に好きピいるから！」

何やら寧子と僕の関係を誤解しているようだったが、訂正するのも面倒だったのでそのままにしておく。

それからは、会話らしい会話もなく、リムジンは加速も減速もほとんど感じさせることのない謎の技術で進んでいく。窓の外はすでに知らない景色が広がっていた。

何とはなしに気怠《けだる》い時間——。僕は昨夜遅くまで新作のミステリを読んでいたこともあり、自然と眠気を催してしまう。

さながら揺り籠に揺られる赤子のように、僕は眠りに落ちていった。

3

「——さん、ハリーさん。起きて、着いたよ」

不意に肩を揺すられ、僕は心地のよい微睡《まどろ》みから現実へと立ち戻る。

寝惚《ねぼ》け眼で窓の外を見ると、どこかの屋内駐車場であることが窺えた。辺利さんにドアを開けてもらい、僕らは駐車場に降り立つ。

周囲に止められている車は高級車ばかりだった。状況から察するに、高級マンションの地下駐車場、というところだろうか。

まだ完全に覚醒していない頭には疑問ばかりが過《よぎ》るが、誰も詳細を教えてくれないまま、辺利さんに導かれて僕らは場所を移動する。守衛のいるゲートを潜ると、上品なインテリアでまとめられたエレベータホールに出た。やはりマンションの駐車場だったようだ。

床も壁も一面大理石で高級感が半端ない。赤坂さんの話だと、主宰の人はお金を持て余しているために秘密クラブをやっているそうだが……どうやら事実らしい。

改めて場違いなところへ来てしまったと緊張する。ちなみに寧子は、車の中にいたときからすでに緊張しすぎて動けなくなっていたので、今は僕が手を引いてやっている。

確かにそれなりにコミュニケーションが取れる僕でさえ緊張してしまっているのだから、引き籠もりコミュ障の寧子にはかなり厳しい体験かもしれない。ひょっとしていきなり更生プログラムのレベルを上げすぎたか、と少し可哀想になってくる。

やたらと広いエレベータに乗り込み、運ばれたのはまさかの最上階。

いよいよ緊張感も高まってきたので、心配になって寧子を窺うと、「ふへ……ふへへ……」と俯いたまま謎の笑いを浮かべていた。緊張のあまり情緒が壊れてしまったらしい。

心の中で「許せ、寧子……！」と手を合わせておく。

降り立った最上階のエレベータホール正面には、高級感が溢《あふ》れているシックな黒い玄関扉が見える。ホールを見回しても他に扉は見当たらないので、おそらくこのフロア全体が個人宅なのだろう。ちょっと億《おく》り人《びと》とかそういう次元じゃない、由緒あるお金持ちだった。

玄関扉は、僕らが近づいただけで自動的に開かれる。赤坂さんは慣れたように辺利さんの背中に付いていくので、僕らも置いて行かれないようそれに続く。

「薄暗くなっておりますので、足下にお気を付けください」

辺利さんの言うとおり、玄関から先は妙に薄暗かった。雰囲気のいいバーのように、暖色の間接照明だけが仄《ほの》かに足下を照らしている。

寧子はますます僕の手を強く握る。極度の緊張状態を示すように手汗がすごい。

薄暗い廊下を進み、リビングまで導かれた僕らは、ようやくそこで主宰者と対面した。

「――ようこそお出でくださいました」

僕らを出迎えてくれたのは、眼鏡を掛けた小柄な女性だった。

ショートカットの髪を深紅に染めた、大きな黒目が特徴的な、不思議な印象の美女――。

「ゲストのお二方は初めましてになりますね。わたくしはこの〈背赤後家蜘蛛の会〉を主宰しております、ノアと申します。本日は楽しんでいってくださいね」

小首を傾げ穏やかに微笑むノアさん。廊下同様リビングも薄暗いが、そんな心許ない光量の中でも、彼女の肌が驚くほど白いことがわかる。神秘的な雰囲気も相まって、月の女神だと言われたらそのまま信じてしまいそうな説得力があった。ノアというのは、おそらく偽名だとは思うが、もしかしたら海外の血が混じっているのかもしれない。

年齢は正直全く読めないが、まだ若いことだけは間違いない。二十代前半か、十代後半ということも十分にあり得る。

僕はノアさんの雰囲気に圧倒されながらも、大人として挨拶する。

「……お招きいただき、ありがとうございます。僕はフレッド、こちらの彼女はフレデリカです。本日はよろしくお願いします」

「はい、よろしくお願いいたします」柔和な笑みを湛《たた》えたまま、彼女はリビング内へ僕らを誘う。「それでは、早速お食事を始めましょうか。皆さん、おなかを空かせていますから」

リビングの奥、おそらくダイニング部分に設置された長テーブルには、四人の先客がいた。相変わらず薄暗くてよく見えないが、当然のように全員が赤い髪をしていることはわかる。

「やほー、皆さんお待たせー」

赤坂さんが、気さくに全員に手を振る。

全員の視線が僕らに集まっていたので、そこで改めて自己紹介をしてから席に着いた。

そうして、真夏の夜の夢のように、〈背赤後家蜘蛛の会〉の会食が始まった――。

4

ここで簡単に、〈背赤後家蜘蛛の会〉のメンバーについて記しておく。

まず一人目は、マリリンさん。ロックバンドのギターボーカルをやっているそうで、派手なメイクと派手な衣装が印象的なウルフヘアの女性だ。両耳と舌にピアスを入れており、寧子は怖がって決して彼女のほうを見ようとしなかった。

二人目は、アンさん。半袖のブラウスにチェックのミニスカートを穿《は》いた高校生だ。日本人の父とカナダ人の母を持ち、生まれたときから赤毛であったという。メンバーの中では一番真面目そうに見える。

三人目は、ジェシーさん。大きな胸元を強調するノースリーブニットの女性で、動画配信者兼コスプレイヤーらしい。年齢は自称十七歳の二十四歳。スタイルがよすぎて、正直、目のやり場に困る。

四人目は、パトリシアさん。フリーランスのシステムエンジニアの女性で、一目見て寝不足であることが窺える濃い隈《くま》が気になったが、くたびれた印象もなく、明るくみんなの会話を牽引していた。最年長の二十六歳で、頼れる大人の女性という感じだった。

そして五人目は当然、赤坂さん、もとい、この場ではジャクリーンさん。気楽な大学生だ。

この五名と主宰のノアさんが、この〈背赤後家蜘蛛の会〉のメンバーになる。

さて、肝心の会食のほうだが、てっきり質問攻めに遭うかと身構えていたが、決してそんなことはなく、あくまでも僕と寧子が話題の中心にありながらも、世間話なども織り交ぜつつ終始和やかな雰囲気の会話が続いていた。

幸いなことに、寧子が極度の人見知りであることは早々にみんなに知れ渡ったようで、寧子を気遣った結果、大半の話題は僕に振られることになった。まあ、元よりそのつもりで来ていたので僕はそれで全然構わなかったし、腫《は》れ物にさわるように扱うでもなく、寧子の個性を尊重してくれていたのは正直嬉しかった。

赤坂さんが、みんないい人だ、と言っていたのはどうやら事実らしい。

食事はコース料理で、僕らをここへ案内してくれた辺利さんが一品ずつ丁寧にサーブしてくれた。味のほうも申し分なく、いつの間にか僕はすっかり緊張を解いていた。

強《し》いて不満を挙げるとするならば、やはり光源の少なさか。各自の席の前に置かれた、グラスキャンドル一つと、テーブル中央に置かれた小振りの燭台《しょくだい》に灯《とも》された炎だけがこの周囲の明かりだった。正直最初は、これから百物語でも始めるのかと訝《いぶか》ったが、慣れてくるとこれはこれで、非日常的な雰囲気の演出に一役買っており、秘密クラブの会食という特異的なシチュエーションであることを考えれば十分にありだな、と思えるようになった。

食事が緩やかに進行していく中、パトリシアさんが大人らしい気遣いで上手く場を回しながら、全員が退屈することなく会話を広げていく。丁度今は、僕が先日の「傘を折る男」騒動の顚末《てんまつ》を簡潔に語ったところだった。

「いやあ、すごいなあ。推理も見事だけど、お話も上手いねえ。さすがは作家さんだ」

褒め上手のパトリシアさん。お世辞だとはわかっていたけれども、やはり嬉しい。

「ありがとうございます。ミステリというと、あまり詳しくない方には殺人事件の血なまぐさい話、と思われがちなのですが、斯様《かよう》に日常生活に寄り添った謎を扱うタイプのミステリもあるんです。もし興味を持たれた方がいらしたら、是非読んでみてください。面白い作品がたくさんありますから」

オタク特有の早口にならないよう気をつけながら、上機嫌にミステリを語る僕。ノアさんはにこにこしながら話を聞いている。主宰に喜んでもらえているようで少し安心した。

「オレは血なまぐさいスプラッタな話のほうが好きだけど、そういう平和な謎も面白いもんだな」

感心したように呟《つぶや》くマリリンさん。強烈な見た目に反して、気遣いができるいい人だった。

「私もあまりミステリは読んできませんでしたが、フレッドさんたちのお話を聞いて興味が湧いてきました。色々読んでみますね」

優等生的な回答をするのは、最年少のアンさんだ。リップサービスで言ってくれているだけかもしれないが、もし本当にミステリファンが増えるのであればとても嬉しい。

「あたし、コナンくん読んでるからミステリ好きだよ！　お話聞いててワクワクしちゃった！　せっかくだし、次のイベントではジョディ先生のコスプレでもやろうかな！」


ジェシーさんも楽しそうに同調してくる。

やばい……。この空間、空気がよすぎて一生居座りたい。

基本的には僕も寧子と同質の陰キャであり、大勢での会話はあまり得意ではないタイプだが、珍しくこの会食の場は心地よく感じられた。ちなみに寧子も、もう最初ほどは緊張していない様子で、慣れない手つきでナイフとフォークを使ってもくもくと食事を続けていた。その様子がまた小動物のように愛らしいため、みんなはしきりに寧子へ微笑《ほほえ》ましい視線を向けていた。

みんなが寧子の可愛さを理解してくれることもまた、とても嬉しく思う。

さて、そうこうしているうちにメインディッシュも終了し、デザートを残すばかりという段になったところで、それまでひたすらに聞き役に徹していたノアさんが口を開いた。

「——皆さん、少しよろしいでしょうか」

すぐに雑談は収まり、みんなの視線がノアさんへ注がれる。

「実は本日、ミステリ作家の卵の方がいらっしゃると聞いて、普段とは異なる特別な趣向をご用意いたしました。——辺利」

暗闇に呼び掛けると、すぐその先からお盆を持った初老の執事が現れた。辺利さんは、お盆に載せられていたものをテーブルに置くと、みんなにもよく見えるよう、すぐ近くに新たな光源を用意した。

それは――薄赤褐色《せっかっしょく》の円柱だった。

直径十センチ、高さは五センチくらいになるだろうか。今は、透明なラップフィルムに厳重に包まれている。

敢《あ》えて知っているものでたとえるならば、穴の空いていないバームクーヘンというところだろうか。色合いからしてバームクーヘンではなさそうだし、そもそも食べ物かどうかも怪しい。

初めて見るものに僕は眉を顰めるが、他の面々も同様に、これから何が行われるのかわからないといった様子で状況を窺っているようだった。

みんなの反応に満足したようにノアさんが頷くと、辺利さんはテーブルにまた別の奇妙な器具を用意し始めた。

丸い台座のようなものの中央に、長さ二十センチほどの細い金属の棒が突き立った物体。輪投げの的のよう、といえば多少は伝わるだろうか。いずれにせよ見たことのない代物だ。

次いで辺利さんは、先ほどの薄赤褐色の円柱をラップフィルムから取り出すと、円形の面を下にして、謎の器具の金属棒に突き刺した。どうやら初めから、円柱の中央には小さな穴が空いていたようだ。

円柱はスムーズに台座のところまで下りる。それから辺利さんは、棒にL字形の金属パーツを通し、円柱のところまで下ろした。L字パーツの上部には、木製の取っ手のようなものが取り付けられている。

僕はその形状に、かき氷器の手回しハンドルを想起した。

ノアさんは好奇の目で謎の物体を見つめる僕らに穏やかに語りかける。

「こちらは、スイスが原産の特別なチーズになります。取り分け方がなかなかに映えるのでよく見ていてくださいね」

それを合図に、辺利さんは木製の取っ手に手を添えてゆっくりとL字形の金属パーツを回し始めた。想像どおり、かき氷器の要領だ。

円柱の上面、L字形の金属部に触れている箇所が薄く削れていく。

削り取られた扇形の切片は、途切れぬまま小さくカールし、少しずつ大きな形を作っていく。

「すごい！　お花みたい！」

赤坂さんが歓喜の声を上げた。まさしく彼女の言うとおり、削り取られたチーズ片は、薔薇《ばら》の花のような形になっていた。たとえはあまり美しくないが、鉛筆《えんぴつ》削り

をイメージしてもらえればわかりやすいか。

　辺利さんは削り取られた美しいチーズ片を皿に取り分け、また次々に新たな薔薇の花を削り出していく。

　ほう、と誰かが感嘆《かんたん》の息を漏らす。思わず目を奪われる、魔法のような光景だった。

　やがて人数分取り分けられたチーズ片は、それぞれの前に給仕される。近くで見ると、ますます白薔薇のように見える。ふわりとナッツのような芳香が立ち上った。

「それでは皆さん、そちらを召し上がってみてください」

　ノアさんに言われるまま、もったいないと思いながらも皆思い思いに、薔薇のようなチーズ片を口に運ぶ。

滑《なめ》らかな舌触りと共に口の中で蕩《とろ》けたそれに、僕は戦慄《せんりつ》した。

乳製品独特の臭みは全くなく、口の中に広がるのはクルミを彷彿《ほうふつ》とさせる豊潤な旨みと深いコク。

鼻腔《びくう》に立ち上るは、旬の果実を思わせる微かな甘み。

どこか朴訥《ぼくとつ》とした味わいの中にも高貴さを覚える、何とも不思議なチーズだ。

ようするに、極々端的にわかりやすく表現するならば——滅茶苦茶美味しかった。

半ば感動しながら、隣の寧子を窺うと、前髪の隙間から驚いた猫のように目をまん丸くしているのが見えた。寧子も初めての経験らしい。寧子を連れてきてよかった、とようやくそこで実感できた。

他の面々も、次々に感嘆の声を上げている。

にこやかにその様子を眺めていたノアさんだったが、皆がチーズを食べ終えたタイミングを見計らって、再び口を開く。

「さて、それでは、味わっていただいたところで、本題に入りましょうか」

「本題……？　まだ何かあるのか？」

マリリンさんが不思議そうに尋ねる。どうやらチーズの削り出し実演が、特別な趣向、というわけではないらしい。

ノアさんはイタズラっぽい笑みを浮かべて続ける。

「もちろんです。本日は、せっかく謎解きの専門家に来ていただいたのですから、ちょっとした謎解きにお付き合いいただきたいと思いまして」

瑞々《みずみず》しい口唇に指を当てて、艶《なま》めかしく口の端を吊り上げる。

何とも言えずセクシーで、思わずドキリとする。

「鼻の下伸びてるよ、ハリーさん」

「変な言い掛かりは止してくれないかな、赤坂さん」

会則も忘れて、うっかり本名で呼び合ってしまった。

そんな僕らを微笑ましげに眺めてから、ノアさんは〈本題〉を語り始める。

「——ただ今、皆さんに召し上がっていただいたチーズには、ある人体の部位の名前が冠されています。さて、チーズの名前を当てることができるでしょうか？」

なるほど、とようやく合点がいく。どうやらゲストの僕らのためにわざわざ謎を用意してくれたらしい。

気付けのためか、ウイスキーのロックを一息に空けてから、マリリンさんが口火を切った。

「わざわざ謎解きとして出す、ってことは、答えを聞いたら納得するものなのか？」

「そうですね。皆さんが納得する答えであり、そして謎解きである以上、考えればわかる類《たぐい》のものであることを保証しましょう」

「ふむ……考えればわかるということは、あのチーズの特徴が鍵なのかな」パトリシアさんは顎《あご》に手を添えて首を傾げる。「味……いえ、やはり見た目かなあ?」

さすがはシステムエンジニア。状況分析能力に秀でている。

「その方向性で合っていますよ」嬉しそうにノアさんは答えた。「パトリシアさんのおっしゃるとおり、チーズの名前は視覚的な特徴を言い表しています。チーズの特徴を、人体のとある部位に見立てたわけですね。さあ、これだけの情報から答えが出せますか?」

ノアさんは挑戦的な流し目を向けてくる。

さっぱりわからないが何か答えておこうか、と口を開き掛けたところで、赤坂さんによって制される。

「待った!　ハリーさん……じゃなかった、フレッドさんたちの解答は最後に回そうよ。せっかくなら、アタシたちもちゃんと謎解きに参加したいし」

「そうですね、すぐに答えが出てしまっても面白くありませんし」

ノアさんはあっさりと赤坂さんの意見を採用する。他の面々からも反対の意見が出ることはなかったので、皆、赤坂さんと同じ気持ちなのだろう。

正直に言うと、今のところ何もわからなかったので、後回しにしてもらうのはありがたい。

そこで、ジェシーさんが元気よく挙手をした。

「はい！　特徴って言ったらやっぱり、あの可愛いお花の形だよね。あたし今まであんな形のチーズ食べたことないし」

確かに、あの極めて特異な形状こそが、最大の特徴と言えるだろう。

それは僕もすぐに思い付いた。しかし……そこから先へ思考が進まない。

つまり、あの薔薇の形から連想される人体の部位が思い浮かばないのだ。

しかし、敢えてそのポイントに手を突っ込んだということは、ジェシーさんには何かがわかっているのかもしれない。

期待しながら、彼女の言葉に耳を傾ける。

「つまりこれは、人の身体の部位でお花っぽいところはどこか、っていう問いなんだよ」

「しかし、ジェシーさん」アンさんが割って入る。「人体に薔薇の花のような部位は存在しないと思うのですが。強いて言うのであれば、重度の褥瘡《じょくそう》などは『花』にたとえられることがあると聞きますけど」

褥瘡は絶対違うと思う。

アンさんの反論に、ジェシーさんはゆっくりと首を振る。

「ううん、違うよ。あれを『薔薇』として見るからわからなくなっちゃうんだよ。確かにあたしもあれは薔薇に思えたけど、もしかしたらカーネーションに見える人もいるかもだし、ユリやヒナゲシにも見えないことはないでしょ。だから、あれは『薔薇』として見るんじゃなくて、『花』という総体として見るのが正しいんだと思うよ」

意外にも、と言ったら失礼かもしれないけれども、ジェシーさんの論理的な言い回しに感心する。コナンくんを読んでいるだけはある。

「問題は、人体のどこを『花』に見立てればいいのか、ってことだけど……これはなかなか難しいね。仕方がないので、一旦発想を逆転させてみようか。つまり、人間の身体の部位で、『花』に見立てられるのはどこか、ということを考えてみよう」

一般的な方程式ではなく、因数分解的に問題を解釈しようという試みのようだ。

そこでジェシーさんは、マリリンさんを見やる。

「ねえ、マリリン。言葉が全く通じない異国の人に、どうしても『花』という言葉を伝えたいとき、どうする？」

急に問われて、マリリンさんは眉を顰めるが、口を曲げながらもすぐに答える。

「そりゃあ……相手が『花』って概念を理解しているのであれば、やっぱりジェスチャーで伝えるだろ」

「どんなジェスチャー？」

「うーん、こんなの、かな」

マリリンさんは、右手の握り拳を顔の前まで持っていき、ジェシーさんに向かってゆっくりと広げて見せた。ジェシーさんはとても満足そうに頷く。

「そうだね。きっと、大抵の人はマリリンと同じように片手なり両手なりを開くジェスチャーをすると思うよ。つまりそれは、『花が咲く』という動作を表したジェスチャーだね。『花が咲く』というのは万国共通のイメージだと思うから、きっとそれで通じると思うよ」

ジェスチャーは、互いに共有するイメージが存在しなければ伝わらない。視覚的なコミュニケーションなのだから、当然と言えば当然なのだけれども。

「で、やっぱりこのジェスチャーで一番重要なのは、パー、つまり『咲いている』という状態を表す部分だと思うの。だからずばり、コナンくんで鍛え上げたあたしの推理によれば、あのチーズは『手の平』って意味の名前だと思うよ」

さながら名探偵が真犯人を名指しするように、ジェシーさんはノアさんへ人差し指を突きつける。

ノアさんは、突きつけられた人差し指をジッと見つめてから、にっこりと月の女神のように微笑んだ。

「残念ながら違います」

「……無念」

ジェシーさん、撃沈。自信満々だっただけに、ショックも大きかったのだろう。

頬杖を突いて、ちろちろと白ワインを舐《な》め始める。早くもリタイヤの模様。

ノアさんは、脱落したジェシーさんから視線を外し、まだ答えていないメンバーを順番に眺めていく。

僕と同様に答えらしい答えがまだ浮かんでいないようで、皆一様に困惑の表情を浮かべている。

ノアさんは充分に時間を置いてから、再び口を開いた。

「それでは、ヒントを出しましょうか。実はあのチーズは、単に身体の部位の名前が付いている訳ではなく、ある職業の人が持つ象徴的な身体の部位を表しています。つまり正確に言うのであれば、『誰々の何々』という名前になるわけですね」

「『死霊のはらわた』とか、そんな感じか？」とマリリンさん。

「……よくわかりませんが、たぶんその解釈で合っていると思います」

ノアさんは知らないようだが、『死霊のはらわた』は往年のホラー映画である。

「ちなみに、この職業は、大人から子供まで誰でも知っているものです。特に日本人には馴染《なじ》み深いものだと思います」

日本人には馴染み深い……？

ますますわからなくなる。確か、原産はスイスではなかっただろうか。スイスと日本の共通点なんて、それほど多くなさそうだけど……。

新たに悩み始めたところで、急にマリリンさんが「わかったぜ！」と叫んだ。

突然のことに驚き、皆の視線が彼女に集まる。

「日本人に馴染み深いものといえば……ゾンビだろ！」

自信満々に言い放つが、僕には彼女の言っていることがよくわからない。

「あの、ゾンビというのは、ホラー映画によく出てくる歩く死体のことですよね？」アンさんが困り顔で尋ねた。「どちらかといえば、日本よりアメリカのイメージが強い気がしますけど……？」

「情報が古いぞ、アンちゃん！」不敵な笑みを浮かべてマリリンさんは続ける。

「近年のジャパニーズホラーでは、ゾンビはすっかりありふれた存在なんだぞ！ミステリにもなったくらいだしな、フレッドくん！」

急に同意を求められて僕は戸惑うが、一応、彼女の言い分にもある程度の妥当性《だとう》があると感じたので頷いておく。しかし、それにしても……ゾンビがなんだというのだろう？

「人間の身体の部位で、どこが『花』に見立てられるか、って考えたとき、真っ先に思いついたのが銃創《じゅうそう》だった。銃弾が貫通した痕は、まさに身体に花が咲いたみたいになるんだぜ」

スプラッタな想像をしてしまったのか、何人かが顔をしかめた。しかし、それに気づかないマリリンさんはますます興が乗ったように言い放った。

「従ってこの答えは、『ゾンビのはらわた』に決まりだぜ！」

「違います」

間髪《かんはつ》を容《い》れず、ノアさんは否定した。まあ、それはそうだろうな、という感想しかない。

そもそもゾンビは職業ではないのである。

これでマリリンさんも脱落したわけで……残るは三人。

「象徴的、というとその職業の人ならではの身体の部位、ということですか？」

機を待っていたのかアンさんが尋ねる。ノアさんは嬉しそうに頷いた。

「まさしく。素晴らしい着眼点だと思います。何か閃《ひらめ》きそうですか？」

「そうですね……」アンさんは腕組みをして小さく唸《うな》る。「先ほどジェシーさんが、特定の花ではなく、『花』という総体として見る、と言っていましたが、個人的にもその意見には賛成です」

やはり何か考えがあるらしい。僕は興味深くみんなの話に耳を傾ける。

「おそらくこの『花』というのは、ある種の比喩《ひゆ》なのだと思います。――昔から、『立てば芍薬《しゃくやく》、座れば牡丹《ぼたん》、歩く姿は百合《ゆり》の花』などというように、容姿の美しい女性は度々花にたとえられてきました。おそらくこれは、古今東西あらゆる文化圏に共通する認識です」

確かに英語圏でも、ローズやアイリスなど花の名前を女性名とすることは多い。花と女性を結びつけることは、普遍的な認知と言えるかもしれない。

「『花』が容姿の美しい女性なのだとしたら、そこから導き出される職業とは何か――それはもちろん『アイドル』です！」

それまでは淡々と喋《しゃべ》っていたはずのアンさんが急に熱を込めて語り出した。

「アイドルは世界に誇る日本の文化です！　当然、多くの日本人にとっては馴染み深いものとなるでしょう！　そして、アイドルにとって象徴的な身体の部位とはどこか――そんなもの『顔面』に決まっています！　顔のいい女は大正義なのです！　つまりこの答えは、『アイドルのご尊顔』に違いありません！」

何故か頬を紅潮させながら、息も荒くアンさんは熱く語る。いきなりどうしたのだろう、と戸惑う僕に説明するように、赤坂さんが、「アンちゃん重度のドルオタだからなー」と呟いた。

ドルオタ――つまりアイドルオタクだ。なるほど……好きなものについて語り始めたらつい熱くなってしまったわけか。

しかし、謎解きの解答としては中々面白いもののように思えるが、果たして――。

出題者であるノアさんに視線を向けると、些《いささ》か複雑そうな顔で、

「……残念ながらはずれです」

ドルオタ女子高生もあえなく撃沈。

残るは、パトリシアさんと赤坂さんの二人だけ……。

「ふっふっふ……なるほど、わかっちゃいましたよ」

そこでいきなりパトリシアさんは笑い出した。いったい何がわかったというのか。これまでの流れにヒントでも隠されていたのだろうか。

逸《はや》る気持ちを抑えながら、僕は続きを待ち侘びる。

「私の推理が正しければ、職業、特徴的な身体の一部、薔薇、その全てが合致するよ！」

「ついに辿《たど》り着かれてしまいましたか」ノアさんはあくまでも余裕の表情だ。「では、パトリシアさん、答えをどうぞ」

パトリシアさんは、グラスに残されていた赤ワインを一息に飲み干してから朗々

と言い放つ。

「男性同士の愛の営みを『薔薇』などと表現することがあるけど、ようするにあのチーズはそれを暗示していたの！　つまり、あのチーズの名前は、『男色家のお尻』に相違ないよ！　男性同士の愛の営みに詳しい私が言うんだから間違いない！」

「………」

思わず絶句。

唐突に何を言い出すのか、この酔っぱらいは。

男色家もまたゾンビと同様にそもそも職業ではないし、未成年もいる食事の場では些かセンシティブな話題を、主宰のノアさんがわざわざ謎解きとして出すはずもないだろうに。

つまり、ノアさんからの正誤判定を聞くまでもなく的外れな答えなのだけれども……。

一応、ノアさんの様子を窺ってみると、彼女は相変わらず月の女神のような微笑みを浮かべたまま、

「さあ、ジャクリーンさん。何か思いつきましたか？」

パトリシアさんの解答はなかったことにされていた。

なんでぇ、と悲しげに呟いて腐《ふ》の乙女《おとめ》はテーブルに突っ伏した。

さて、これで残るは赤坂さんだけだが……如何に。

赤坂さんは、これまでに見たことがないほど真剣な顔で呟くように言った。

「――ひょっとして、あのお花の形は関係ないんじゃないかな」

意味がわからず、僕は思わず聞き返す。

「どういうこと？　形が関係ないって、あれこそあのチーズの最大の特徴な気がするけど」

「全くの無関係、ってわけじゃないんだろうけど……でも、あの形状はあくまで結果的にそうなっただけなんじゃないかな」

「結果的に？」

「そう。たとえば鉛筆を削っても、似たようなお花の形の削りかすは出るよね。でもあれは、お花の形の削りかすを出そうとしてるわけじゃなくて、鉛筆を削る、っていう目的の結果、そうなっただけでしょ？　それと同じように、あのチーズもお花の形に切り出そうとしてああなったわけじゃなくて、回し削った結果、偶然ああいう綺麗な形になっただけなんじゃないかな、って思ったの」

「――――」

それは、今まで考えもしなかった発想だ。

確かに、薔薇の花のような形状は極めて特徴的だが――本を正せば、チーズの円柱上部で金属刃を回して削る、という、より特異的な行動の末にあのような形状に削り出されているに過ぎない。

つまり、あのチーズの最大の特徴は、薔薇の花のような形状ではなく、回し削る、という取り分け方そのものにあることになる。

しかし、その動作からイメージされる職業と身体の一部とはいったい何なんだ……？

予想も付かなかったので、素直に尋ねる。

「それで、その発想から連想される職業と身体の一部って何？」

僕の問いに、何故かキョトンとした表情を浮かべる赤坂さん。それから妙に落ち着きをなくしたように目を泳がせながら答えた。

「えっと……その……か、『かき氷屋さんの腕』……とか？」

「…………」

肝心なところで残念な娘だった。せっかくの斬新《ざんしん》な発想が全く生きていない。

ノアさんも至極惜しそうに口を曲げて、はずれです、と答える。

これで、〈背赤後家蜘蛛の会〉のメンバーは全員チャレンジ失敗ということになる。

一呼吸置いてから、ノアさんは改めて僕と寧子を見やった。

「さて――では、お待たせしました。フレッドさん、フレデリカさん、謎解きの専門家としてのご意見をお聞かせください」

ノアさんだけでなく、赤坂さんたち他のメンバーの視線も集まって……僕は冷や汗を掻く。

そんな期待に満ちた目を向けられても……僕はまだ何も思い浮かんでいないのだ。

ただ、何となく見えつつあるものはある気がする。

赤坂さんの先ほどの発想――あの薔薇の花のような形状は結果に過ぎず、特徴は別にあるというのは、直感的にだが、いい線を行っているように思える。

これまでのヒントも考慮に入れつつ、思考を広げようとしたまさにそのとき。

「――わかりました」

僕のすぐ隣から、凛《りん》と響く鈴のような声が聞こえた。

慌てて視線を向ける。それは当然――これまでひたすらに沈黙を守っていた寧子だった。

突然、寧子が口を開いたので、皆驚いた様子で寧子を窺う。

寧子はいつもの調子で、隠し持っていたヘアピンを使い、目元を覆っていた前髪を留めて、初めてみんなの前に素顔を晒《さら》す――。

次の瞬間、大きなどよめきが走った。

みんなが驚くのも無理はない。まさか鬱陶《うっとう》しい前髪の下から、こんな美少女が現れるなんて……誰も想像していなかったに違いないのだから。

寧子は、頬を上気させながら、猫のようなまん丸の瞳を爛々《らんらん》と輝かせてノアさんを見つめていた。

これは寧子特有の、所謂《いわゆる》『謎はすべて解けた』状態である。

彼女は、不思議議な謎の真相を人に語ろうとするとき、一種の興奮状態となって、斯様に魅力的な美少女に変貌を遂げるのだった。

ドルオタであるというアンさんに至っては、別の意味で興奮したように恍惚《こうこつ》の表情で寧子を見つめながら、「え……ちょっと待って。可愛すぎて目が痛くなってきた……。顔面偏差値ハーバードなの……？」などとよくわからないことを呟いていている。

僕以外の全員が惚《ほう》けた顔で寧子を見つめる中、寧子は普段のおどおどした態度とは打って変わって、流暢《りゅうちょう》に語り始める。

「――ジャクリーンさんの発想は、間違っていなかったのだと思います。やはり着目すべきは、あの薔薇のような形状ではなかったのです」

「ひょっとして、チーズを回し削るような動作を特徴とする職業に心当たりがあったのか？」

みんなを代表した僕の問いに、しかし寧子は首を振る。

「ううん、あの動作自体にさしたる意味はないの。大体、ノアさんが最初に言ってたでしょう。『チーズの視覚的な特徴を言い表している』って。だから、やっぱり動作ではなくチーズの見た目に着目すべきなんだよ」

「……フレデリカちゃんの言ってることは、矛盾《むじゅん》してるぞ」いち早く放心状態から脱したらしいマリリンさんが割って入った。「一言まえには、『薔薇のような形状に着目するのではない』って言ってるぜ」

真っ当な批判に思えたが、寧子は穏やかに微笑み、言葉を返す。

「いいえ、矛盾はしていません。ただ視覚的な特徴に着目するのは、削り、削り出、削り出した後のものではなく、削り出すまえの本体だったのです」

「ほ、本体……？」

困惑したように、マリリンさんは僕を見やる。仕方なく、僕は代わりに寧子に問う。

「本体というと、あの謎の器具が装着されるまえのチーズの塊……？」

「うん、そう」

僕は改めて、チーズの本体を見つめながら答える。

「……形と言っても、ただの円柱だろう。それほど特徴的にも思えないけど……？」


「色はどう？」

「色……？」

チーズの本体をよく観察してみる。

「薄い赤褐色だな。ピンクとオレンジの中間のような色……か。まあ、確かに少しは特徴的な色かもしれないけど……それがどうした？」

訝しげに寧子を見る。それには答えず、寧子は質問を重ねる。

「鉛筆は、削るとどうなると思う？」

「は？　それは……尖るよ、黒鉛の部分が」

「他には？」

「他……？　えっと……削った分、鉛筆が短くなるくらいか」

困惑しながら答えると、寧子は力強く頷いた。

「まさしくそのとおり。削ると短くなる。なら、あのチーズにもその事実を当てはめて考えてみようか。今、チーズ本体の直径は約十センチで、高さは食べるまえより少し短くなって四センチくらいだね。もし、同じ作業をくり返して、短くなった結果が今の状態だったとしたら？　もし、削るまえの高さが十センチ、いや二十センチくらいあったとしたら？　――何かに見えてきそうな気がしないかな？」

再び問われて、僕は真剣に考える。

二十センチほどの高さのある、薄赤褐色の円柱……？

日本人にもなじみ深い何らかの職業、並びにその特徴的部位――。

次の瞬間、これまでの情報が一気に繋がり、僕は思わず声を上げた。

「ああっ！　そんな、まさか――っ！」

勢い余って椅子から立ち上がっていた。

そんな僕を満足そうに眺めながら、寧子は告げた。

「――そう。きっとそれは、『お坊さんの頭』に見えると思うの」

何という、シンプルな答えか。

唖然《あぜん》とする僕らを余所《よそ》に、あくまでも余裕の笑みを湛えたまま、寧子はノアさんへ視線を向けた。

「お坊さん――いえ、スイスのものであれば、『修道士の頭』という表現が妥当でしょうか」

寧子の完答に、ノアさんは目を一度閉じてから小さく、素晴らしい、と呟いた。

「さすがは謎解きの専門家でいらっしゃいますね。見事に、大正解です」

　すると自然と拍手《はくしゅ》が巻き起こった。アンさんに至っては涙さえ流しながら、「しゅごいの……推《お》しが尊すぎる……」などと呟いている。いつの間にか、寧子推しになっていたらしい。

　それから、ふう、と一呼吸を置いて、ノアさんは解説を語る。

「こちらは、『テット・ド・モワンヌ』または『テテドモア』などとも呼ばれるチーズになります。名前の由来は、今フレデリカさんのおっしゃったとおり、見た目が『修道士の頭』に似ていることかと言われています。修道士たちによってスイスから世界各地へ広められたと言われています。修道士によって広められた修道士の頭に似たチーズ――確かに、インパクトとしては十分です。それこそ、名前に冠されるほどに。ちなみにですが、このかき氷器のような削り器はジロールと言って、テット・ド・モワンヌ専用の削り器になります」

「はあ……それにしてもすごいなあ」感心したようにパトリシアさんが呟く。「本当に物語に出てくる名探偵みたいだったよ」

「ほんとほんと！」ジェシーさんも嬉しそうに同調する。「すごいじゃん、フレデリカちゃん！　しかもとびきりの美少女なんて……まるで漫画だよ！」

「いや、漫画よりもよっぽどすごいぜ！　もしよかったらテーマ曲書かせてくれよ！」

マリリンさんもノリノリで寧子を褒めそやす。

なお、アンさんは未だに現実へ戻ってこられずに、寧子へ熱っぽい視線を向けるばかりだ。

そして赤坂さんは——何故か、どこか切なげな目で寧子を見つめていた。

何だろう？　と僕が疑問に思うより早く、『謎はすべて解けた』状態が解けてしまった寧子は、自分が今みんなからの注目を集めてしまっていることに気づき、顔を茹《ゆ》で蛸《だこ》のように真っ赤に染めて急いでヘアピンを外して顔を隠してしまった。

何が起こったのか、相変わらず状況がよくわかっていない面々に、仕方なく僕は説明する。

「……すみません。確変《かくへん》状態はこれでおしまいです。また元どおりの人見知りに戻っているので、どうかそっとしてやってください」

「そ、そういうものなのですか……」

感心したような呆れたような声を出すノアさんだったが、すぐに気を取り直して話題を変える。

「少し、余興に時間を取ってしまいましたか。すぐデザートにしましょう。皆さん、コーヒーか紅茶で希望がありましたら——」

そのような調子で〈背赤後家蜘蛛の会〉の会食は、また穏やかに続いていった。

5

——夜の自由が丘を、駅前から雛森家へ向かってゆったりと歩いて行く。

そういえば、夜にこうして寧子と二人で出歩くのは初めてだ、ということに今さら気づく。

出会ってすぐの頃と比べたら、多少は寧子の引き籠もり気質にも改善の兆《きざ》しが見えているのだろうか、などと考えながら僕は足を進めていく。

ふと空を見上げると、東京の圧倒的な光害の中にあっても、夏の大三角形だけははっきりと目にすることができた。

「あれがデネブ、アルタイル、ベガだよ」などとロマンチックなことを言い出す趣味もなかったし、寧子ならばわざわざ僕如きが教えるまでもなく知っているはずなのでスルーする。

夜とはいえまだまだ空気は蒸し暑いばかりだったけど、それでも時折吹き流れる風は涼やかで心地よい。

夜の空気を携える風で火照《ほて》った身体《からだ》を冷やしながら、中々刺激的な一日だったと振り返る。

　結局あの後は、デザートをいただきながらまたそれ以前と同じような緩やかな会話に戻っていった。みんな寧子のことが気になって仕方がない様子ではあったけれども、肝心の寧子が黙り込んでしまったのだから仕方がない。申し訳なく思いながらも、代わりに僕がミステリ作家の卵として、彼女たちに話題を提供していった。

　それから間もなく会は解散となり、僕、寧子、赤坂さんの三人はまた行きと同じようにリムジンに乗せられて帰路に就《つ》いた。

　帰りの車内で会話はなかった。というのも、何故か赤坂さんの口数が急に激減してしまったためだ。思い返せば、デザートのときもほとんど会話には参加してこなかった。

　もしかしたら疲れてしまったのかもしれない。

　そう思い、なるべく彼女をそっとしておく形で、僕らは別れた。自由が丘の駅前ロータリーで降りた僕と寧子は、赤坂さんを乗せたリムジンを見送ってから、いつものように雛森家へ向かって歩き出したのだけれども……。

「寧子は大丈夫か？　疲れてない？」

　相棒の様子が気になって尋ねると、寧子は、一呼吸置いてから、うぅ、と唸り声を上げた。

「……ものすごく疲れたよ……。一年分は人と会ったから……今年はもうずっとおうちにいてもいいよね……？」

「大げさだな」僕は苦笑する。「でも、逃げ出さずにちゃんとみんなと一緒にいられて偉かったじゃないか。てっきり、困ったらトイレにでも引き籠もりやしないか心配してたんだ」

「そ、そんなことしないよう」可愛らしく寧子は頬を膨《ふく》らませる。「私にも、一応分別はあるから……。それに、みんな私のこと気遣ってくれてるのがわかったから……意外と、楽しかった、かも」

寧子の言葉に、僕は感動してしまいそうになる。

他人の気遣いを気づけるようになったんだな……！

寧子がそれなりに楽しかったと感じてくれたのなら、誘った僕としても嬉しい。

正直、寧子に苦痛を与えているだけなのではないか、という不安が拭《ぬぐ》い去れなかったから。

「――それにしても」

そこで不意に、ずっと気になっていた疑問が頭を過《よぎ》った。

「結局、〈背赤後家蜘蛛の会〉って、何が目的の集まりだったんだろう？」

思い返してみれば――それが最初の疑問だった気がする。

赤毛の人だけが入れる、美味しいごはんを食べながら談笑するだけでお金がもらえるという、秘密クラブ。

常識的に考えれば何らかの企みがあるはずだが……実際に会食に参加した身としては、何らかの邪《よこしま》な気配など微塵《みじん》も感じ取ることができなかった。

しかし、実際に僕も寧子も、帰り際に報酬として一万円を受け取っている。

つまり僕らは、何らかの仕事をしたことになっているのだ。

それだけが、どうしてもわからなかった。

しばし黙り込む寧子だったが、これは完全な想像だけど、と重たい口を開く。

「……ノアさんがお金持ちであることは今さら疑いようがないから、赤毛の人を集めて会食をしつつ、その手間賃としてみんなに報酬を与えている、というのは一側面としては事実だと考えていいと思うよ」

つまり、見たままの状況が、虚飾なく一つの事実であるということか。

「でも、それだけじゃないんだろう？」

寧子はこくりと頷いて告げた。

「多分だけど——ノアさんはアルビノなんだと思う」

急に意外なことを言われて僕は面食らう。

「アルビノって……肌とか髪が生まれつき白い？」

「うん。医学的には先天性白皮症《せんてんせいはくひしょう》っていうんだけど……。生まれつきメラニンの生合成能が極端に低い病気だね。メラニンは肌や髪に色を付けて、紫外線から人体を守る働きがあるんだけど、それがほとんど作られないから肌や髪が白っぽくなって、目の色なんかも変わってくるの」

「でも……ノアさんは、髪は赤いし、目も黒かったぞ？」

「髪は赤く染めてただけだし、目はカラーコンタクトだよ。気づかなかった？」

言われてみれば、妙に黒目が大きいのが気になっていたのだった。

「アルビノの人は、視力に問題を抱える人が多いからたぶん度入りのカラーコンタクトなんだと思う。あと平均的な人よりも光を眩しく感じやすいから、目を保護するために色の薄いサングラスも掛けていたね」

部屋が薄暗かったので気づかなかったが、あれはサングラスだったのか！

驚きのあまり息を呑む僕をよそに、寧子は次々と謎を解き明かしていく。

「それに室内の明かりが極端に少なかったのも、紫外線対策や、肌の色が平均的な日本人と異なることをみんなに気づかれないようにするためだと思う」

雰囲気を出すためではなかったということか。

「それに、これはただの傍証《ぼうしょう》だけど……〈ノア〉っていう名前もヒントだったよ。旧約聖書に登場する、所謂〈ノアの方舟〉のノアは、アルビノだった可能性が示唆《しさ》されてる」

外堀が、少しずつ埋められていく。

「で、でも、ならどうして髪をわざわざ赤く染めてたんだよ……？」

「薄暗い部屋の中でも一番映えるからだと思うよ。黒や茶色だとわかりにくいし、金髪だと逆に浮きすぎる。色々考慮した結果、赤にしたんだろうけど……本来の目的の前では、色なんて別に何でもよかったんだと思う」

「本来の目的？」

「歳の近い子たちと楽しくおしゃべりをすることだよ」寧子は淡々《たんたん》と告げる。「たぶんノアさんは、アルビノであるがゆえに、満足に学校にも通えず、友だちも作れなかったんだと思う」

アルビノに紫外線は大敵であると聞く。個人差があるとしても、日中の学校でみんなと同じように生活をしたり遊んだりすることは、難しかったはずだ。

「ノアさんには、もっとみんなと同じように歳の近い子たちと他愛のないおしゃべりがしたい、という願望があった。そして、裕福なおうちに生まれて、お金だけはあったから……お金を使って、その願望を叶えることにしたんだよ」

「そうか、それが〈背赤後家蜘蛛の会〉……！」

ようやく寧子の言わんとしていることを理解して、僕は指を鳴らした。

「うん。赤毛という希少な仲間意識を持った歳の近い子たちで作る秘密クラブ——

そこでノアさんは、同じ年頃の子たちと他愛のないおしゃべりをする、という願望を叶えていたんだと思うよ。そのために〈背赤後家蜘蛛の会〉は作られた」

僕は会食の際の、ノアさんの楽しげな微笑みを思い出す。

あれは……子どもの頃からの夢を叶えていることに満足している笑みだったのかもしれない。

「メンバーにいい人が集まったのは、偶然なのかそれともしっかり素行調査をした上で誘いを掛けたからなのかまではわからないけど……。いずれにせよ、幸運にも恵まれて今の形になったんだと思う。髪を染めたのは、白のままだとおじいちゃんおばあちゃんしか集められない可能性もあるからだね。ノアさんはあくまでも、同年代の子と話したかったわけだから……髪は何かしらの色に染める必要があった」

そうして寧子は、長広舌《ちょうこうぜつ》の反動のようにまた黙り込んでしまった。必要なことはすべて語り終えた、ということなのだろう。

僕は相変わらずの寧子の推理力に感服《かんぷく》するばかりだった。感服すると同時に、少しだけこの小さな相棒のことを恐ろしくも感じてしまう。

寧子は、ただ見ただけであらゆる謎を解明してしまう。

一見すると素晴らしい才能だけれども……日常生活を送る上では、不便なことも多いのではないかとも思ってしまう。

ノアさんが〈背赤後家蜘蛛の会〉の真相をメンバーに秘密にしているように、人は誰しも人にはバレたくない秘密を持っているものだ。

しかし、寧子の前で秘密は秘密でいられない。

もしかしたら、寧子が引き籠もってしまった理由も、そのあたりにあるのではないだろうか、と勝手なことを考えてしまう。

寧子にも、蓮さんにも聞くことができない、寧子が引き籠もってしまった理由。

どうしても知りたいというわけではなかったけれども……気にするなというのは無理な話だ。

大切な相棒の、過去なのだから――。

「――ちょっと待って！」

そんなことを考えながら歩いていたところで、突然背後から声を掛けられた。

僕と寧子は同時に足を止めて振り返る。

その先には――膝に手を突いて、荒い呼吸を整える赤坂さんがいた。

「ど、どうしたの？　車で家まで送ってもらったんじゃないの？」

驚いて尋ねると、赤坂さんは息も絶え絶えに答えた。

「や、やっぱりどうしても気になって……降ろしてもらったんだ……。そ、そんなことよりも……」

赤坂さんはふらふらとこちらへ歩み寄り、寧子の前に立った。寧子は怯《おび》え半分に戸惑っている。

「あ……あの……？」

「ノアさんのところで、顔を見たときからずっと気になってたんだけど……」

呼吸を整えてから、真っ直ぐに寧子を見つめて赤坂さんは尋ねた。

「あなた……雛森寧子ちゃん、だよね……？」

「えっ……？」

「アタシ……髪は染めてるし、ギャルメイクだからわからないと思うけど……。高校のとき同じクラスだった、赤坂岬だよ」

──それは、微睡《まどろ》みのように心地よかった僕らの時間を、終焉《しゅうえん》へと導く一言だった。

僕は。

その瞬間の、苦しげな、それでいて悲しげな寧子の顔を、忘れることができなかった。

最終話

毒入りチョコレートクッキー事件

Episode 4

1

「おめでとう、君島《きみしま》くん。デビューが決まりました」

久方ぶりの対面打ち合わせで、担当編集者の佐久間栞《さくましおり》さんはそう言った。

まったく寝耳に水の話だったので、僕はただ大きく目を見開いて、対面で微笑を浮かべる佐久間さんを見つめることしかできなかった。

思い返せば、何だか佐久間さんの様子は少し妙だった。

ここ二ヶ月ばかりは連日の酷暑《こくしょ》のため、電話での打ち合わせだけだったのだが、ようやく残暑もなりを潜めたタイミングで突然、

「そろそろ涼しくなってきたし、たまにはちょっといいものでも食べに行きましょうか。焼き肉でいい？」

などと言い出したのだ。普段、打ち合わせと言えば、喫茶店かファミレスばかりだったのでその時点でも違和感が半端なかったが、生憎《あいにく》と僕にはミステリの才能がないので、何だか佐久間さん機嫌よさそうだな、恋人でもできたのかな、くらいのことしか考えていなかった。厄介《やっかい》なツンデレお姉さんのデレ期が来たのであれば儲けもの、くらいの心構え。

そして足を踏み入れたこともない高級焼き肉店へ上機嫌で赴き、予約されていたボックス席に座るや否や、挨拶もそこそこに、佐久間さんは開口一番デビューを告げたのである。

僕は動揺をひた隠しながら、テーブルの水を飲んだ。

「――えっと、それはつまり、僕と寧子《ねいこ》のミステリ作家としての文壇デビューが決まったという解釈でよろしいのでしょうか？」

「そうよ」佐久間さんは上機嫌に口の端を吊り上げる。「おめでとう、君島くん。よくここまで頑張ったわね」

今まで佐久間さんから投げ掛けられたことのないあまりにも優しい言葉。不覚にも僕は目頭が熱くなった。

「本当は寧子ちゃんたちにも声を掛けようと思ったのだけど、あの子はこういうの嫌がると思ったから、まずはこれまで一緒に頑張ってきた君島くんに伝えてあげようと思って。こういうのは、電話じゃあ味気ないでしょう？」

まるでイタズラを思いついた子どものようなしたり顔で、佐久間さんは小首を傾げる。僕はただ、溢《あふ》れそうになる涙を必死に堪えながら頷くことしかできない。

「無事に入稿したら、今度は寧子ちゃんたちも一緒に改めて食事に行きましょう。ひとまず今日は、前祝いだと思って好きなだけ食べてちょうだい」

「……ありがとうございます」

僕は声を振り絞り、万感の思いを込めてそれだけ伝えた。

それからしばらくは雑談をしながら、次々と運ばれてくる見たこともないような霜降りの和牛をひたすら焼いて口に運んでいく。ちなみに肉を焼くのは僕の仕事だったが、そんな些細《ささい》な雑用も気にならない程度には舞い上がっていた。

「君島くん、妙に焼き肉奉行が様になってるけど、あなた自炊とかするの？」

「いえ、全く」食べ頃の肉を佐久間さんの皿へ取り分けながら答える。「ただ、子どもの頃から何故《なぜ》か焼き肉で肉を焼くのは僕の役目だったので慣れているだけです。自炊は一人暮らしを始めたときに一度挑戦しようとしましたが、どういうわけかレシピどおりに作ったのに失敗してしまったので挫折しました」

「ちゃんと途中で味見したの？」

「いえ、してないですけど。プロのレシピなんだから、素人《しろうと》の味見なんて必要ないでしょう？」

真顔で答えると、佐久間さんはこれ見よがしのため息を吐いた。

「初心者が陥りがちなミスとしてレシピを盲信《もうしん》しすぎて味見をしないというのが挙げられるけど、まさにそのパターンね。たぶん途中で調味料の分量を間違えたのよ。レシピどおりに作れているか確認するためにも、素人だろうが味見は必須よ」

佐久間さん、珍しく真っ当なことを言う。

「今どきは男の子でも料理くらいできないとモテないわよ。死後に地獄の炎でその身を焼かれる代わりに今世で奇跡的な幸運に恵まれて、料理上手で世話好きな蓮《れん》さんと結婚でもできるのであればそんな心配もしなくて済むのでしょうけど……まあ、宝くじの一等が当たるよりもあり得ないことなのだから、大人しく自炊くらい学んでおきなさい」

「…………」

酷《ひど》すぎる言い草だった。でも、あまりにもそのとおりなので何も反論できない。

僕は不平を冷たいウーロン茶で胃の奥底へ流し込み、それからも肉を焼き続ける。

「――それにしても」

ようやくおなかも膨《ふく》れ、多少落ち着きを取り戻してきたタイミングで、佐久間さんはハイボールのグラスを空けて話題を戻す。

「君島くん、本当によく頑張ったわね。才能もないのに」

「明らかに一言余計ですが、ありがとうございます」

「やはりあなたと寧子ちゃんを組ませた私の目に間違いはなかったということかしら」

「それは……本当にそう思います」

口は悪いが、佐久間さんの編集者としての能力は本物だと思う。もし寧子と引き合わせてもらえていなかったら、今頃僕の心は折れていたかもしれない。

「思っていた以上に相性もよさそうだし。たぶんだけど、君島くんじゃなければ、寧子ちゃんの才能をここまで引き出せなかったんじゃないかしら」

「そう言ってもらえると嬉しいです」

僕は頭の中に、コンビ作家の相棒である雛森《ひなもり》寧子の姿を思い浮かべる。

究極のコミュ障にして、至高の引き籠もりである寧子。

致命的な問題の多い人物ではあるが、その欠点を補って余りある最高の頭脳の持ち主。

確かに正直最初はどうやって付き合っていけばいいのかもわからず途方に暮れかけたが、今では僕の中で掛け替えのない大切な相棒になっている。

特に最近では、書き上げた原稿を一度寧子に見せて、論理展開などにアドバイスをもらうようになったほどだ。

少なくとも寧子も僕に懐いてくれているようだし、寧子の姉である蓮さんも僕を疎《うと》ましく思ってはいないはずなので、雛森姉妹との相性は悪くないように思える。

ただ——、と最近の寧子の様子を思い浮かべて、僕は僅《わず》かに眉を顰《ひそ》めた。

どうにも近頃、寧子の様子が少しおかしい。

元々明るい性格でもないし、よく喋《しゃべ》るわけでもなかったが、それにしたって何故かこれまで以上に暗く、口数も少なくなってしまったのだ。

思い当たることがあるとすればあの——赤坂《あかさか》さんと再会を果たした夜。

僕のバイト先の同僚である赤坂さんが、自分の高校時代のクラスメイトだったことを知ったあの日から、寧子は何かに怯《おび》えるような態度を取ることが多くなったような気がする。

結局あの夜も、赤坂さんと旧交を温め合うことなく、逃げるように家へ帰ってしまったし……。

気になってどうかしたのか尋ねてみても、何でもないと答えるばかりで、蓮さんも困っているようだった。

時間が解決してくれることを願って、あまり深入りせずに今日まで様子を窺いながらやって来たけれども……。

せめて、このデビューが決まったという報告で元気を出してほしいと思う。

「そういえば、デビューって具体的にどういった形なんですか？　雑誌に掲載とか？」

「ああ、ごめんなさい。大切なことを伝えていなかったわね」

佐久間さんは、空のグラスをテーブルへ戻して姿勢を正した。

「君島くんたちのデビューは、一応文庫書き下ろしを想定しています」

「文庫書き下ろし……つまり、文庫で僕らの本が出るわけですね？」

「そう。君島くんたちがこれまで作ってくれた作品に加筆修正をして、連作短篇という形で文庫本にしたいと考えてるわ」

僕たちがこれまで作った作品というと……「砂糖対戦」「傘を折る男」と、「背赤後家蜘蛛の会」か。はっきり言ってほとんどただの私小説なので、これを世に出すことには少し抵抗があるけれども……色々と修正を加えてしまえば、それなりに読めるものになりそうな気はする。

寧子にもトリック担当として、もう一度改めてこれまでの原稿のトリック周りを見直してもらい、更なるロジックの強化などを施してもらう必要があるだろう。

「ただ、それだけだと文章量が少なくて本にできないから、あと一篇、同じ形式で短篇を書いてもらいたいの。できれば、連作短篇のオチに使えそうなものが好ましいわ」

確かに、所謂《いわゆる》単発の短編集ではなく、オムニバス形式の連作短篇として一冊にまとめるのであれば、全体をまとめる最終話はあったほうがいいだろう。

「でも、佐久間さんもご存じのとおり、僕らは実際に身の回りで起こったことを私小説ふうに書き起こしているので、また何か短篇が書けそうな題材に巡り合わない限り、次の話は書けませんよ」

「もちろん、そのことは私も承知してるわ。だから、具体的に締めきりを設けたりしないいし、まだ現段階では絶対に本が出ると確約することもできない。ただ、うちの編集部があなたたちに期待をしていて、あなたたちをミステリ作家としてデビューさせることに前向きな姿勢を見せている、ということは理解してね。それなら多少は自信にも繋《つな》がるでしょう？」

　さすがはずっと僕らを見守ってくれていた佐久間さんだ。僕らのやる気の出し方をよく知っている。

　僕も寧子も、はっきり言って自分に自信がないタイプだ。それはたぶん、これまで歩んできた人生で、自分に自信を持てるような何かがなかったからなのだろうけれども……。だからこそ大人の人から、期待している、などと言われたら嬉しくなってしまう。

　これまで空気にも等しかった自分という存在を、認められたような気になれるから――。

「まあ、そうは言っても、これまでのペースから考えて、年内には書き上げてくれると私としても大変助かるわ。でも、早く書くことよりも、あなたたちの場合は面白いものを書くことを優先してもらいたいから、そこだけは履《は》き違えないようにね」

「それは……もちろんそのつもりですけれども」

僕は控えめに肯定する。僕らのデビュー作になるのだから、より多くの人に楽しんでもらえるよう、クオリティの高い作品にしたいという気持ちは一入《ひとしお》だ。

ただ、それと同時に微かな不安も過る。

佐久間さんをはじめ編集部の人たちは、僕らをデビューさせることに前向きになってくれており、期待してこれから書くことになる最後の一篇を待ってくれているのだと思うが……。

これは逆に言えば、最後の一篇が書き上がらない限り、永遠に本は世に出ないということに他ならない。

今の状態の寧子で、最後の一篇を生み出すことが本当に可能なのだろうか。

ただの取り越し苦労なのであればそれに越したことはないのだけれども……僕は何とはなしに不安を拭《ぬぐ》い去ることができないでいた。

気を紛《まぎ》らせるように、僕は結露でびしょ濡れになったウーロン茶のグラスを口に運ぶ。氷も溶けて、すっかり温くなってしまっていた。

「とにかく、楽しみに待っている、と寧子ちゃんにも伝えておいてちょうだい」

僕らのデビューがほぼほぼ内定したことを我が事のように喜びながら、佐久間さんはお代わりのハイボールを注文した。

2

翌日、大学の講義が終わるや否や、僕はいつものように電車を乗り継いで、雛森姉妹が居を構える自由が丘へやって来た。

十月に入り、ようやく過ごしやすくなってきた街の中を、逸る気持ちを抑えて歩いて行く。一刻も早く寧子に会って、デビューの件を伝えてあげたかった。

その途中、お洒落《しゃれ》な洋菓子店の前に差し掛かった。一見して陰キャお断りの雰囲気が漂うハイソな店構え。普段ならば迷惑が掛からないようそそくさと足早に通りすぎるところだったが、せっかくならお土産を買っていこうと思い立ち、店に入る。

陰キャの侵入に対して、警備員でも飛んでくるかとも身構えたが、当然そのようなことはなく、美しく清潔な装いの店員さんは、いらっしゃいませ、と笑顔を向けてくれた。

ちなみに寧子は甘いものが大好物だ。

お菓子作りが趣味である蓮さんにいつも色々なものを作ってもらっているだけあり、かなり舌も肥《こ》えているだろう。下手なものを買っていくわけにはいかない。

僕はなけなしの勇気を振り絞って、店員さんに声を掛けた。

「すみません、女の子にプレゼントなのですが、おすすめがあったら教えてください」

店員さんは虚を衝かれたように一瞬目を丸くしてから、すぐににこやかな表情で答えた。

「それでしたら、こちらの商品が近頃若い方を中心に人気ですよ」

示されたのは、ガラスケースの中に整然と並べられた――黒いクッキーだった。チョコレートクッキーのようだ。

「著名なインフルエンサーの方が絶賛してくださったことで、今、一番人気になっています。よろしければ、お味見なさいますか?」

僕は言われるままに、試食用の小片を口に運ぶ。

確かに美味だった。甘すぎず、それでいてチョコレートのコクもあって、大人の味に仕上がっている。余韻にふわりと広がるナッツの風味も上品だ。人気になるのも頷ける。

それからふと、寧子がチョコレートクッキーを食べているところは、これまで一度も見たことがないことに気づく。蓮さんがいつも作るのは所謂プレーンクッキーだし、既製品でも雛森家で小麦色以外のクッキーを見た記憶はない。

もしかして寧子はチョコレートクッキーが嫌いなのかな、とも不安になるが、それにしては普通のチョコレートを美味しそうに食べているところは何度か見たことがあったので、特別チョコレートクッキーが嫌い、ということもないだろう。

僕はチョコレートクッキーをお土産に決め、綺麗にラッピングしてもらう。

値段はそこそこしたけれども……今日はめでたい日だから、と自分に言い聞かせる。思い返してみれば、雛森家にお邪魔するようになってから、僕はかなりの頻度で食事やおやつをご馳走になっているにもかかわらず、これまで何かをお返ししたことはほとんどなかった。

普段、お世話になっていることを思えば、この程度の出費はむしろ安いくらいだろう。

僕は可愛《かわい》らしいお洒落な紙袋をぶら下げて、早速雛森家へ向かう。

雛森姉妹が住む高級マンションに着くと、いつものようにエントランスホールを進みエレベータに乗り込む。

目的の階で降りて、真っ直ぐに雛森家へ。この時間帯はいつも玄関の鍵を開けてくれているので、勝手知ったる何とやらでドアノブを捻る。

「お邪魔します」

一声掛けてから、やたらといい匂いのする玄関を抜けてリビングへ。

「あ、ハリーくん、いらっしゃい」

今日も絶世の美貌を誇る蓮さんは、腰砕けになるほどの眩《まぶ》しい笑顔で僕を迎え入れてくれた。珍しく今日は、赤いフレームの眼鏡を掛けている。リビングのテーブルの上には、たくさんの本や紙束が並べられていた。何かの作業中だったようだ。

「ごめんねえ、今ちょっと論文の資料をまとめてて」

眉尻を下げて申し訳なさそうに蓮さんは言う。彼女は僕も通う東雲《しののめ》大学の院生なのだ。専攻は分子生物学という分野らしいのだが、生憎と文系の僕にはよくわからない。風の噂《うわさ》では非常に優秀な成績を修めているそうなので、天は二物を与えるものなのだな、と他人事《ひとごと》のように感心するばかりだ。

「こちらこそ作業中にお邪魔してすみません。どうか僕のことはお気になさらず」

断りを入れてから、リビングを見回す。室内に寧子の姿はない。

「寧子は今日も部屋ですか?」

普段ならば今頃は、リビングのテレビでゲームをしているか、ソファに寝転んで昼寝をしている頃合いだったが、ここ最近の寧子は自室に籠もることが多くなってきていた。

蓮さんは悲しげに俯く。

「……うん。ずっとベッドの中でスマホゲームやってるみたい。ほんとにどうしちゃったんだろう、寧ちゃん。もしかして、私が無理させちゃったのかなあ……？」

蓮さんは、寧子の引き籠もりを何とかして改善させようと、『社会復帰更生プログラム』なる活動を定期的に寧子に実施させ、半ば無理矢理、外の世界との交流を持たせていた。

先の『背赤後家蜘蛛の会』騒動もその活動の一環であったのだけれども、直後に寧子の様子がおかしくなってしまったため、蓮さんも自責の念に駆られてしまっているのかもしれない。

寧子が調子を崩してしまったのは、おそらく赤坂さんと再会したことに原因があるのだろうけれども、寧子のプライベートな問題だと思ってその件は蓮さんにまだ伝えていないため、彼女が責任を感じてしまうのも当然だ。

「蓮さんのせいではないと思います」僕は元気づけるように努めて穏やかに言う。「あくまでも寧子自身の問題だと思いますから……。ゆっくり、時間を掛けて解決していきましょう」

それから暗くなってしまった空気を払拭するように、明るく続ける。

「今日は寧子にお土産を買ってきたんですよ！　それに嬉しい報告もありますし、

もしかしたら今日ですっかり元気になるかもしれませんよ」

そう告げると、蓮さんはまるで眩しいものでも見るように目を細めて微笑んだ。

「――ありがとう。ハリーくんは本当に優しいね。ハリーくんが寧ちゃんとコンビを組んでくれて、私、本当に嬉しい。寧ちゃんきっと喜ぶと思うから、早くお部屋へ行ってあげて。あとでお茶を持って行くから、ゆっくりしていってね」

「……？　わかりました、ありがとうございます」

少々大袈裟な反応に困惑しながらも、僕は言われるままに寧子の自室へ向かう。

部屋の前で立ち止まり、ノックをする。

「寧子、僕だけど入っていいかな？」

返事はない。だが、それはいつものことなので、気にせずドアを開ける。

薄暗い室内。カーテンは閉められ、照明も消されている。物の少ない広々とした室内は、閉め切られて空気の流れがないためか、少し蒸し暑い。

そんな中、ベッドの上の掛け布団はこんもりと膨らんでいる。僕はそっと近づき、改めて驚かさないよう穏やかに声を掛ける。

「寧子、来たよ」

途端、布団の盛り上がりがもぞもぞと動き始め、中から黒い塊が飛び出してきた。

「りーくん！　いらっしゃい！」

いつもと同じように着る毛布を纏《まと》った寧子は、にへら、と表情を崩す。だが、その表情はどこか無理をしているように硬い。このところ、いつもこんな調子だった。心配掛けまいとしているのか、普段どおりを装って空元気を振り絞ってみせるのだ。

何故、ここまで気落ちしてしまっているのかもわからなかったが、尋ねてみたところで答えてくれるはずもない。僕は寧子の様子に痛ましさを感じながらも、気にしていないふうに問う。

「とりあえず、電気つけていい？」

「あ……気が利《き》かなくてごめんなさい……」しゅんとする寧子。

「気にしなくていいよ」

慌ててフォローを入れる。今の寧子はジェンガの終盤よりも繊細な存在なので、扱いには細心の注意を払わなければならない。

部屋の入口横のスイッチを操作して照明を点け、彼女のもとまで戻る。

近頃の定位置にもなっている、床上のクッションに腰を下ろして、改めて寧子に向き直る。

「実は今日は、寧子に素敵なお知らせがあるんだ」

「お、お知らせ……？　な、何かな……？」

いつの間にかすっかりと伸びきってしまった前髪の隙間から、寧子は恐る恐るといった様子でこちらを窺う。

「いい知らせだから、そんな警戒しなくて大丈夫だよ」彼女の緊張を和らげようと、僕は苦笑する。「実は……ついに僕らのデビューが決まったんだ！」

「でびゅー……？」

小首を傾げる寧子。しかし、すぐに僕の言わんとしていることを理解したのか、頬《ほお》を紅潮させてベッドの上から身を乗り出す。

「すごい！　ついにりーくんの才能が認められたんだね！」

「ありがとう。でも、僕だけじゃないよ。寧子のおかげだ」

そう告げると、寧子はキョトンとする。意味がわからない、という顔だ。

「私、何もしてないよ……？　全部、りーくんが頑張ったからだよ……？」

「それは違うよ」僕は強く否定する。「寧子が僕に知恵を貸してくれたおかげでここまで来られたんだよ。一緒に頑張ったんだから、何もしてないなんて言わないでほしい」

寧子は、尚《なお》も僕の言っていることがよくわからない様子で小首を傾げていたが、やがて理解を放棄したようにまた口元をにへら、と緩めた。

「りーくんがそう言うなら、そうする」

自己評価が低い故の無理解は正直歯痒《はがゆ》いが、今は一旦許容する。それから僕は、努めて明るく、背中に隠していた紙袋を差し出した。

「それで今日はお祝いにお土産を買ってきたんだ」

「お土産！」寧子は子どものようにパッと顔を明るくする。「嬉しい！　ありがとう、りーくん！　これ、開けてもいいの？」

「もちろん。きっと寧子が喜ぶものだと思うよ」

早速、包装紙と格闘を始める寧子。僕は微笑ましく思いながらその様子を眺める。

喜んでくれるかな、と一抹の不安を抱える僕の前で、ようやく寧子は中身に辿《たど》り着く。

歓喜の声が上がるのを期待するが、しかし寧子は、紅潮させていた顔を一気に青白くして唇をわななかせた。

「り……りーくん……こ、これは……？」

「チョコレートクッキーだよ」僕は答える。「最近流行《はや》ってるらしいんだけど……あれ、ひょっとして苦手だった？」

心配になり尋ねてみるが、しかし、寧子はそれには答えず、突然ベッドから転がり落ちて、そのまま部屋を飛び出した。

「寧子⁉」

僕は寧子の豹変に驚きながらも、彼女の背中を追う。寧子は、普段の緩慢な動作からは考えられないほど機敏にトイレへ駆け込み、勢いよくドアを閉めた。

リビングの蓮さんも何事かと顔を出す。

「どうしたの？」

「それが……よくわからなくて。急に部屋を飛び出してトイレへ駆け込んで……。もしかして具合悪かったんですか……？」

「いや……そこまでではないはずだけど……」

困惑しながらも、蓮さんはトイレのドアへ駆け寄り、優しく声を掛ける。

「寧ちゃん？　どうしたの？　大丈夫？」

しかし、ドアの向こうから返事はなく、ただ呻《うめ》くような声と空咳が聞こえてくるばかりだった。まさか……吐いているのか……？

いよいよ普通の状態ではないと悟ったのか、蓮さんは真剣な顔で僕を見やる。

「寧ちゃんと何があったのか教えて。できるだけ詳細に」

「は、はい……」

いつも穏やかに微笑んでいる蓮さんと同一人物とは思えないほど鋭利な眼光に気

圧されながらも、僕は正直に答える。

「実は僕らの出版デビューが内定しまして……今日はその報告に来たんです」

「デビュー？　ハリーくんと寧ちゃんが？」蓮さんは目を丸くする。「それはすごくおめでたいことでしょう？　寧ちゃんだって望んでたことのはずだし……」

「その後、僕はお祝いのお土産を渡したんです」

「お土産？」

「はい。その……チョコレートクッキーを」

その言葉で、蓮さんの表情はまた一気に険しくなった。

「……そう、それで」

何かを納得したのか、蓮さんは深いため息を吐いた。眉間に皺《しわ》を寄せ、沈痛な表情を浮かべている。

僕には一切の事情がわからなかったが……どうやら何らかの地雷を踏んでしまったらしいことは確かだった。

どうすればよいのかわからず右往左往する僕に、蓮さんは感情の籠もらない声で告げた。

「――ごめんなさい。今日のところは、一旦帰ってもらってもいいかな。あとで……連絡するから」

「……わかりました」

僕はただ目を伏せて小さく頷くことしかできない。

自分が謝るべきなのかどうかも判断できなかったので、結局、トイレに籠もって苦しげに呻《うめ》く寧子に何も声を掛けてあげられないまま、僕は履《は》き古したスニーカーを履いて、すごすごと雛森家を後にした。

3

気がつくと僕は、住処《すみか》であるオンボロアパートの部屋で、床に大の字になって寝そべり天井を見つめていた。

どうやってアパートまで戻ってきたのかも覚えていない。心は空虚で、思考は緩慢だ。

もうすっかり暗くなってしまった室内には、窓の外から差し込む街灯の光だけが満ちる。それがまるで、夜の教会のような荘厳さを演出し、胸中には懺悔《ざんげ》のときにも似た後悔が押し寄せる。

僕が調子に乗ってお土産など買っていかなければ、こんなことにはならなかった。

どのような事由に起因してこのような結果になってしまったのかは何一つとしてわからなかったけれども、それだけは疑いようのない事実だ。

せめて一言、寧子に謝りたかったけれども……今はその機会も失われてしまった。

ようやく念願のデビューが手の届くところまでやって来たというのに……今はちっとも嬉しく思えない。

「寧子……いったいどうしちゃったんだよ……」

半ば無意識に、後悔とも謝罪ともつかない独り言を零したところで——突然、スマホが鳴った。慌てて飛び起きて、画面を見る。

メッセージアプリに新着の文字。相手はもちろん、蓮さんだ。

画面に表示されていたのは、あまりにも素っ気ない一文。

『明日の昼休み、大学の中庭で』

てっきり寧子の状態や詳細が記されているものと思っていたので、正直期待外《はず》れではあったけれども、おそらくそれは直接会って教えてくれるつもりなのだろう。

僕はすぐに、わかりました、とだけ返して、また寝転んで無為《むい》に天井を見つめ続けた。

結局一睡もできないまま朝が来て、僕は酷い寝不足を引き摺《ず》ったまま大学へ向かう。二年生ともなれば、文系の僕は授業の数も減ってきていたが、こういう日に限って朝一からコマが埋まっているのは日頃の行いゆえなのだろうか。

靄《もや》が掛かった頭で、かろうじて眠ることなく授業は乗り越えられたが、当然のように記憶には何も残らなかった。こんなことならば、自主休講して約束の昼休みまで布団《ふとん》を被っていればよかったと思うも、後《あと》の祭《まつり》だ。

僕は最悪のコンディションのまま、ふらついた足取りで蓮さんに指定された中庭へ向かう。昼休みの中庭は、所々に人の姿が見える。九割方カップルだ。芝生にレジャーシートを敷いて座っていたり、ベンチに並んでいたり、思い思いの幸福そうな時間を送っていた。そういえば、昼休みの中庭はカップルたちの憩いの場として有名なのだった。

完全に場違いなプロぼっちの僕だったが、蓮さんにこの場所を指定されてしまったのだから仕方がない。

僕はカップル群の中から目的の美女を捜そうとして――。

「――ハリーくん、お待たせ」

不意に背後から声を掛けられる。慌てて振り返ると、そこには蓮さんがいつもの柔和な微笑みを浮かべて立っていた。

今は白衣を着て、眼鏡を掛けている。普段の印象とは打って変わって知的な印象の強い装い。思わずドキドキしてしまうが、鼻の下を伸ばしている場合でもないので、僕はすぐに気持ちを切り替える。

「こんにちは。大学でお会いするのは初めてですね」

「いつも同じ場所にいたはずなのに、何だか不思議な気持ちだね」蓮さんは珍しく照れたように前髪を直す。「あ……ごめんね、何も考えないで研究室出てきちゃった。まだ実験の途中だったから」

「いえ、お気になさらず。白衣もよくお似合いですよ」

「ふふっ、ありがとう。ハリーくんは優しいね」

どこか儚《はかな》げに微笑んでから、蓮さんは持っていた紙袋を軽く掲げた。

「お昼ごはん作ってきたの。よかったら一緒に食べない？」

「いいんですか？」

「もちろん。ハリーくんのために作ったんだから遠慮しないで」

蓮さんは僕の手を引いて、空いているベンチへ歩いて行く。周囲から好奇の視線が無数に飛んできて僕に突き刺さる。蓮さんのような天国的美女が僕のような冴えない男と並んで歩いているのだから注目を集めてしまうのも仕方がないことなのだけれども……。

せめて友人には見られていないことを祈りながら、僕は蓮さんとともに二人掛けのベンチに腰を下ろした。

紙袋の中には、大きめの二段重ねの弁当箱が入っていた。

「一段目がおにぎりで、二段目がおかずだよ。朝だから簡単なものしか作れなかったけど、好きなだけ食べてね」

蓮さんは僕らの間のベンチの上に、弁当箱を広げていく。おかずは、唐揚げに卵焼き、タコさんウィンナーなど僕の好きなものばかりだった。鼻腔をくすぐる香ばしい揚げ物の匂いに、グゥ、とお腹が鳴った。

そのとき、昨日から何も食べていなかったことを思い出した。なるほど、今日やたらと調子が悪かったのは、寝不足なだけではなかったのか、と他人事のように悟る。

遠慮なく蓮さんお手製のおにぎりをいただく。蓮さんは僕の食欲に驚いた様子だったが、すぐに慈愛に満ちた笑みを浮かべて水筒から熱いほうじ茶を入れて、僕の側に置いてくれた。

二人で無言のままお弁当を綺麗に平らげ、ようやく人心地が付いたタイミングで、蓮さんは本題を切り出してきた。

「――昨日は本当にごめんなさい。せっかくハリーくんが来てくれたのに、追い返すような真似をしてしまって」

僕に向き直り深々と頭を下げる蓮さん。何事かとまた周囲の視線を集め始めてしまったので、僕は慌てて言う。

「き、気にしないでください！　それより、寧子はどうしちゃったんですか？　やっぱり、僕が買っていったあのチョコレートクッキーが、悪かったんでしょうか？」

顔を上げた蓮さんは、悲しげに眉尻を下げてこくりと頷いた。

「……ハリーくんには話しておくべきだったのに、余計なことを言ってハリーくんが私たちのもとから離れて行っちゃったら、と思うと怖くて……ずるずる先延ばしにしちゃったの。今回のことは全部私が悪いので……どうかハリーくんは気に病まないで」

また頭を下げそうな勢いだったので、僕は先んじて話を進める。

「何かの事情があるんですよね？　でも、僕は寧子のことも蓮さんのことも好きなので、何があっても二人のもとから離れるなんてことはありません。それだけは信じてください」

「……ありがとう。私たちも、ハリーくんのこと本当に大好きだよ」

力なく微笑んで、蓮さんは俯いた。

「あのね……寧ちゃんのことなんだけど……。あの子、高校でいじめに遭っていたの」

「――っ」

僕は思わず息を呑んだ。

あの自虐的で破滅的にネガティブな性格から、何となくは予想していたことだけれども……実際にそれを言葉にされてしまうと、何も言えなくなってしまう。

「ハリーくんは、〈聖アヴドゥル女学院〉って知ってる？」

「……確か、東京の外れにあるミッション系の女子校ですよね？　全寮制の中高一貫校でしたか。男子禁制の、かなりのお嬢様学校だと聞いたことがあります」

「うん、そうなの。伝統と格式ある女子校で、私はそこの出身なの。寧ちゃんも、高校一年まで通ってたんだよ」

そういえば、赤坂さんがお嬢様学校に通っていたのなら、かつてクラスメイトだったという寧子もまた同じお嬢様学校に通っていなければおかしいことになる。

こんな簡単なことなのに、全然頭が回っていなかった。

ただ、着る毛布を日常的に愛用している今の寧子しか知らないので、澄まし顔でお嬢様学校に通っている姿が今ひとつイメージできない。

「寧ちゃん、昔は今よりも明るくて元気だったんだよ。引っ込み思案なところは一緒だけど、あの子、頭がいいでしょう？　だから成績もトップだったし、可愛かったから学内でも一目置かれていたみたい。……まあ、私の妹だから、という影響もあるのだけど」

「蓮さんの影響？」

「うん。私、中等部の二年間と高等部の三年間で生徒会長やってて、卒業生総代でもあったから」

「………」

さらりとすごい経歴を開示してきたな……。

まあ、蓮さんの美貌と頭脳があれば、その程度容易《たやす》いことなのかもしれないけど。

「そのせいで先生方に覚えがよくて……。寧ちゃんも必要以上に注目を浴びてしまったみたい」

確かに寧子は、注目を浴びるのも期待されるのも嫌がるだろう。本当に蓮さんとは、正反対の性格をしていると思う。

「……もしかしたら、それで悪目立ちしちゃったのかもしれない。私も何が原因で寧ちゃんがいじめられることになったのかは知らないんだけど……決定的な事件があったの」

いよいよ話は核心に迫りつつある。僕は姿勢を正して、蓮さんの言葉を聞く。

「バレンタインデーに寧ちゃん、クラスの子から手作りのチョコレートクッキーをもらったんだって」

「バレンタイン？　女子校ですよね？」

今ひとつピンと来なかったが、蓮さんはさも当然のように続ける。

「女子校でもバレンタインは盛り上がるよ。むしろ娯楽が少ない分、共学よりも盛り上がるかも。好きな人や憧れの先輩に思いを込めたチョコレートを渡すの。私は生徒会長をやってたこともあって、いっぱいもらったなあ」

「………………」

僕はずっと共学だったが、その間一度もバレンタインデーに贈り物をもらったことはなかった。何というか、激しい格差を感じてショックのあまり寝込みそうだ。余計なことは考えずに集中して話を聞く。

「寧ちゃん、そのクッキーをくれた子とあまり仲よくなかったみたいで……。でも、今食べてほしいってお願いされて、仕方なく食べたんだけど……すぐに吐き出しちゃったんだって」

「吐き出した？」

「うん……その、毒が入ってたって、寧ちゃんは言ってる。酷《ひど》い臭いがして、口に入れた瞬間、舌が痺《しび》れて飲み込めなかったって……」

最愛の妹の悲劇に、蓮さんは声を詰まらせる。

「それは……警察には連絡しなかったんですか……？　普通に傷害事件だと思いますけど」

当然の疑問に、蓮さんは首を振った。

「……ううん。寧ちゃんが、大事《おおごと》にしたくないからって。先生にも言わなかったみたい。でも……そのことがショックで、寧ちゃんはそのまま学院を退学して、引き籠もりになっちゃったの……」

悲しげに俯く蓮さんを見て、僕は胸が締めつけられる思いに駆られる。

そんな悲惨なことがあったなんて……。知らなかったとはいえ、自分が深く寧子を傷つけてしまったことに気づき、酷く後悔する。

おそらく、赤坂さんと再会したことにより、過去を思い出して不安定になっていたところに、僕がトラウマを直接刺激するチョコレートクッキーなんて買っていったため、ここまで大事になってしまったのだろう。

「寧子にちゃんと謝りたいんですが……今、どんな感じなんですか……？」

「……ごはんも食べずに部屋で布団被って泣いてる」苦しそうに、そして心底申し訳なさそうに蓮さんは言った。「ハリーくんとのコンビも、解消したいって……」

「――は？」

寝耳に水の話だった。僕は慌ててまくしたててしまう。

「ま、待ってください！　どうしてコンビ解消なんて話になるんですか！　確かにチョコレートクッキーを買っていったことは事実ですが、僕は寧子にそんなトラウマがあるなんて知らなかったんです！」

「……ハリーくんに悪意がなかったのはわかってる。それもこれも全部私の責任だってことも承知してる。寧ちゃんもパニックで一時的に自暴自棄になってるだけだと思うけど……でも、寧ちゃんにとってチョコレートクッキーは、拒絶の象徴のようなものなの」

「拒絶の……象徴？」

「……うん。寧ちゃんだって、本当はよくわかってるはずだよ。ハリーくんが寧ちゃんのこと拒絶するはずがないって。それでも、トラウマが鮮烈すぎて、どうしてもハリーくんから拒絶されたかもしれない、って可能性を打ち消すことができないんだって。それがまた、大好きなハリーくんを疑う自分に対する嫌悪感に繋がっちゃって……。こんな気持ちのまま、ハリーくんと一緒にはいられないって……」

……なんだそれは。

僕は激しい悲しみと憤りで、言葉が継げなくなる。

つまり寧子は、僕が悪意からチョコレートクッキーを持っていったわけではないことを理解しながら、トラウマのせいでその可能性を排除できないでいるために、結果として今度は逆に僕のことを拒絶しているらしい。

　この半年で積み重ねてきたお互いの時間は何だったのか。

　トラウマなんかさっさと忘れて、ただ〈今〉を生きればいいじゃないか。せっかく念願のデビューがもうすぐそこまで来ているこのタイミングで……何を言っているのだ。

　僕は……トラウマにすら勝てないちっぽけな、ただのワナビ野郎なのか。

「――わかりました」

　心底申し訳なさそうに俯く蓮さんから視線を逸らしてベンチから立ち上がる。

「ハリーくん……？」という不安げな彼女の言葉を無視して、僕は真っ直ぐに前だけを見つめて告げる。

「僕に考えがあります。一旦この件は、佐久間さんには内緒でお願いします。少し、整理する時間がほしいので。ただ、寧子にこれだけは伝えておいてもらえますか。――『僕に任せろ』と」

　言いたいことだけ言って、僕は返事も待たずに駆け出した。背後から戸惑ったような、「待って、ハリーくん！」という蓮さんの声が聞こえるが、聞こえなかった振りをする。

また周囲からはよからぬ視線を集めていたが、構うものか。

十分に距離を取り、蓮さんが追いかけて来ていないことを確認してから、目に入った、人のいない講堂に飛び込み、呼吸を整える。

衝動的に蓮さんに酷いことをしてしまったけれども……あの場に居続けて、何も悪くない蓮さんの謝罪を聞くのは僕の心が保たなかったのだから仕方がない。

それよりも、蓮さんの話を聞いていくつか気になったことがあった。ミステリ読みとしての直感か、それとも僕自身がミステリ作家として多少は腕を上げつつあるのかは定かでないけれども……。

とにかく、寧子のトラウマである〈毒入りチョコレートクッキー事件〉には、何か裏がありそうな気がしてならなかった。もしかしたら、真の意味で事件を理解することができれば、寧子の現状にも変化を与えられるかもしれない。

ほとんど願望に近い直感だったけれども……何もしないで、このまま寧子とのコンビを解消するくらいならば、やれることはすべてやるべきだと思った。

僕はスマホを取り出して、早速ある人物へとメッセージを送った。

4

「――大学でハリーさんと会うの初めて過ぎて、何か気持ち悪いね」

「…………」

鮮烈な赤髪を靡かせながら颯爽《さっそう》と現れたヘソ出しルックのギャル――赤坂岬《みさき》さんの心ない一言に、僕は思わず閉口した。

場所は、大学構内にあるカフェのテーブル席。メッセージアプリで声を掛けてみたら、今日は午後の講義が休みらしく、快く呼び出しに応じてくれたのだ。何を隠そう赤坂さんも東雲大学の学生で、僕の後輩に当たる。……と言っても、同じ文系でも彼女は法学部なので大学内で接点などないのだけれども。

それはさておき、確実に言葉の選択を誤られている感は否めなかったが、今はそれどころではないので気にせず話を進める。

「……急に呼び出してごめんね」

「んーん、気にしないで。アタシもハリーさんのこと多少は気になってたし。最近どう？」

ここ一ヶ月あまり、実は店長に相談してバイトを休ませてもらっていた。というのも、短篇『背赤後家蜘蛛の会』の執筆に集中したかったためだ。僕が作家志望であることは店長も知っているので、結構自由に執筆のための休みを取らせてもらえるのだった。

「気に掛けてくれてありがとう。僕のほうは比較的順調だよ。それより、お店のほうは僕がいなくても大丈夫？」

「全然大丈夫だよ」邪気のない爽やかな笑みを浮かべて赤坂さんは言う。「元々、ハリーさんのいなかった頃は、アタシと店長の二人でも全然回せてたからね。ハリーさんがいなくても、何も問題ないよ」

気を遣ってくれているのかもしれないけれども、それはそれで複雑な心境ではある。

「で、何のご用？　告白とかならアタシ、好きピいるからごめんねだよ？」

「告白じゃない……」

どうにもこの娘と会話をしていると気疲れしてしまうが、彼女にしか頼めない用事だったので、気を強く持って僕は尋ねる。

「高校時代の雛森《ひなもり》寧子について、知っていることを教えてほしい」

意外な言葉だったのか、赤坂さんは不思議そうに首を傾げる。

「寧子ちゃんに聞けば？　どうしてわざわざアタシから？」

「……事情があって寧子からは聞けないんだ。でも、とても大切なことだから……どうか教えてください……！」

僕はテーブルに手を突いて頭を下げる。

「わ、わかったから！　頭上げて！」珍しく慌てた声が頭上から降ってくる。「こんなところ誰かに見られたら、陰キャをカツアゲしてるとか思われちゃうよ！」

赤坂さんが僕のことをどう思っているか手に取るようにわかってまた挫《くじ》けそうになるが、話してくれる気にはなったようなので、僕はそこでようやく頭を上げる。

気を取り直すように、アイスティーを口に含んでから、赤坂さんは語り始める。

「アタシは高等部から入学したから、寧子ちゃんのことそんなに詳しく知ってるわけじゃないんだけど……何というか、妖精みたいな子だったかな」

「妖精？」

「そう。小っちゃくて、頭がよくて、信じられないくらい可愛い女の子。〈アウドゥル〉って女子校じゃん？　だからちょっとメルヘンチックな呼称が付くことが多いんだよね。恰好いい女の子には〈王子様〉、みたいな感じで」

実際に女子校なんて行ったこともないので、それこそ想像の産物以外の何ものでもなかったが、赤坂さんの言っていることは十二分に共感できた。十代半ばという多感な時期の女の子たちが、閉ざされた学び舎で生活するのだ。多少、メルヘンにかぶれることとくらいあるだろう。

「それに寧子ちゃんには不思議な力があったの」

「不思議な力？」

「そう。人には見えないモノが見えるの」

「……急に厨二病《ちゅうにびょう》くさくなってきたね」

思わず胡乱《うろん》な声を出してしまうが、赤坂さんは真面目な顔で声を落とす。

「ホントなんだって！　……秘密とか嘘とか、誰かが隠していることが、寧子ちゃんにはわかっちゃうみたいなの。だからきっと、仲間の妖精さんからみんなの色々な秘密を教えてもらってるに違いないって噂になってたくらいで」

「――――」

おそらくそれはオカルトではなく、彼女の卓越した推理力から来るものなのだろう。だが、思春期の少女たちからすれば、オカルトも同然の力なのかもしれない。

「あるとき、体育の授業のあとで、クラスの子のロザリオがなくなっちゃったことがあってね。とても大切なロザリオだから絶対になくしたりするはずない、ってその子は泣き出しちゃったんだけど……。そのときも、寧子ちゃんはすぐにロザリオを見つけ出しちゃって。結局犯人はわからず終いだったけど、ロザリオを見つけてもらった子は、すごく喜んでたよ」

今で言う、前髪を上げた状態の寧子であればやりかねない、と思う。もしかしたら犯人もわかっていたけど、いざこざを避けて黙っていたのかもしれない。優しい寧子のことだから十分にあり得る。

「……ただ、そんなふうにいい意味でも悪い意味でも目立っちゃってたから、すごい人気者ではあったんだけど、陰で悪く言う人もいたみたい。直接的ないじめみたいなのはなかったはずだけど……。まあ、アタシは高入生だったから、中等部からの子たちとあんま接点もなくて詳しくは知らないんだけど。でも、そんなアタシにも寧子ちゃんは優しくて、色々親切に教えてくれたりもしたから……アタシは寧子ちゃんが大好きだった。他の高入組の子たちも同じだと思うよ」

高校時代の寧子を好きだったと言ってくれる人がいてくれて、それだけで僕はすごく嬉しくなった。

しかし、そこで赤坂さんは急に暗い顔をする。

「……でも、寧子ちゃんは二年生に進級するまえに、学校やめちゃったの」

「寧子が学校をやめた理由は知ってる？」

慎重に尋ねる。赤坂さんは小さく頷いた。

「……アタシ、見ちゃったの。寧子ちゃんがチョコレートクッキーを食べるところを」

僕は思わずテーブルに手を突いて立ち上がる。膝裏で押し出した椅子が床を擦り大きな音を鳴らす。カフェ内の他の客から注目を集めるが、構うものか。

「その話、詳しく教えて！」

まさか例の事件の目撃者がこんな近くにいたなんて思いもしなかったが、この機を逃す手はない。僕の勢いに面食らった様子の赤坂さんだったが、また小さく頷いた。

「……本当は、寧子ちゃんに口止めされてたんだけど、ハリーさんは本気で寧子ちゃんのことを思ってくれてるみたいだから、特別に教えてあげる。……本音を言うとね、アタシもつらかったんだ。ずっと一人で抱え込むの」

どこか清々《すがすが》しさを覚える笑みを浮かべてから、赤坂さんは語り始める。

「あれは忘れもしない二月十四日の放課後。この日は、朝からみんな色めき立っていて、ずっとそわそわしてた。誰にチョコをあげるだとか、誰からチョコをもらっただとか……。娯楽の少ない全寮制の女子校だから、っていうのもあるんだろうけど、みんな全力でこの特別なイベントを楽しもうとしてたみたい。アタシは誰にもチョコをあげなかったけど、みんなの熱に当てられて意味もなくワクワクしてた」

文化祭みたいな感じなのだろうか。どうやら僕が思っていたよりもずっと、みんな本気でバレンタインに臨んでいたらしい。

「寧子ちゃんは人気者だったから、同学年だけじゃなくて、先輩のお姉様方や、中等部の子たちからもたくさんチョコをもらってたみたい」

蓮さんもたくさんチョコをもらっていたらしいが、寧子も同じくらいもらっていたようだ。さすがは姉妹というところか。

「それで放課後になって、ようやくみんな落ち着きを取り戻してきたところで、アタシはたまたま校舎裏に歩いて行く寧子ちゃんを見掛けたの」

「校舎裏へ？　それは一人で？」

「うん。そのときアタシは、本校舎と別館を繋ぐ渡り廊下を歩いてたんだけど、気になったから上履きのまま寧子ちゃんの後を追うことにしたの」

気になった、という部分が僕は引っ掛かる。

「それは、寧子の様子がいつもと違ってたとか、何か明確な根拠があって？」

「ううん。だって、バレンタインデーの放課後にわざわざひとけのない校舎裏へ向かう子がいたら誰だって後を追うでしょ。そんなの、絶対告白に決まってるじゃん。見たいじゃん」

「………………」

重要なポイントかと思いきや、ただの野次馬根性だった。

十代女子の好奇心の強さに呆れるが、すぐに気を取り直して話に集中する。

「それで後を追ったら……校舎裏には先客がいたの。クラスメイトの子だった。大人しい妖精みたいな寧子ちゃんとは真逆の、派手で目立つ系の子だったから、意外な組み合わせだなって思った」

蓮さんの話では、寧子はそのチョコレートクッキーをくれた子とあまり仲がよくなかったらしい。真逆の性質だから馬が合わなかったということなのだろうか。

「ドキドキしながら、二人の様子をこっそり窺ってたら、挨拶もなく、その子が突然小さな紙袋みたいなものを寧子ちゃんに渡したの。寧子ちゃんは状況がよくわからなかったみたいで、困ったようにそれを受け取ったんだけど……。そうしたら、すぐにその子が、『今食べて』って言ったの。何だか命令するみたいな口調で怖かったのを覚えてる。たぶん直接言われた寧子ちゃんはもっと怖かったんだと思う。それで仕方なく言われるまま紙袋の中身を取り出して口に運んで……すぐに蹲《うずくま》って吐き出しちゃったの」

蓮さんの言ったとおりだ。高校生がバレンタインの贈り物に毒物を混入する、というのがあまりにも非現実的すぎて、ひょっとしたら寧子の思い違いという可能性も考慮していたのだけれども……。第三者からの目撃情報があるのならば、やはりそれは認めがたくても一つの現実なのだろう。

「それから……どうなったの？」

「そのときはアタシも何が起きたのかわからなくて、パニックになっちゃったんだけど……。紙袋を渡した子は、すぐにその場を逃げ出していったよ。それを見て居ても立ってもいられなくなって、アタシは寧子ちゃんに駆け寄った。寧子ちゃんは真っ白な顔をして、意識も朦朧《もうろう》としていて……。アタシは寧子ちゃんを抱きかかえて急いで保健室に走ったの」

なんと……。弱っていた寧子を助けてくれたのは赤坂さんだったのか。そう思うと、僕には何を言っても許されると思っているきらいのあるこの不躾《ぶしつけ》なギャルが、急に聖人に見えてくる。

「アタシは、見たことをそのまま保健室の先生に言おうとしたんだけど、そのまえに寧子ちゃんがただの貧血だってことにしてくれって……。アタシ、そんなことできないって言ったんだけど、大事にしたくないからお願い、岬ちゃんにしか頼めないことなの、って苦しそうに懇願されちゃったから……仕方なく、言うとおりにしたんだ」

そうか……。ただの元クラスメイトにしては、赤坂さんと会って以降の寧子の落ち込みようが激しすぎると不思議に感じていたが、当事者以外で唯一事情を知っていた赤坂さんだったからこそ、よりピンポイントに思い出したくない過去を思い出してしまっていた、というところか。

「寧子ちゃんを保健室へ送り届けてから、アタシはすぐに校舎裏へ戻ったの。寧子ちゃんから、紙袋を処分しておいてほしいって頼まれてたから。アタシは、寧子ちゃんをこんな目に遭わせた子が許せなかったけど、でも、寧子ちゃんがそれを望まないならアタシが何かをする権利なんてなかったから……言われたとおり、紙袋を回収して、こっそり焼却炉に投げ込んでおいたよ。放課後だったし、誰にも見られてないと思うけど、紙袋を回収しに戻ったとき、人の声が聞こえた気がしたから急いで校舎裏から離れたの。だから、本当に誰にも見られなかったかどうかはよくわからないな」

せめて唯一の物証であるチョコレートクッキーの現物が残されていれば、何かわかるかもしれなかったけど……。さすがにそれは初めから期待していなかったことなので、僕は質問に移る。

「紙袋の中身を、赤坂さんは確認したの？」

「それはまあ、一応」

「中には手作りのチョコレートクッキーが入ってたみたいだけど」

「うん。大きくて、厚みのあるチョコレートクッキーが何枚か入ってた。地面に落ちてた寧子ちゃんの食べかけのクッキーも拾って一緒に処分したよ」

証拠の処分は完璧のようだ。

「そのときに何か変わったことはなかった？」

「変わったことって？」

「クッキーの味とか匂いとか」

「さすがに味見する勇気はなかったけど……あ、でも、そういえば――」急に何かを思い出したように赤坂さんは虚空《こくう》を睨みつけた。「紙袋を開けてみたとき、変な臭いがしたかも」

重要な所見だ。僕は身を乗り出す。

「どんな臭いだった？」

「どんなって……上手く言えないけど……」赤坂さんは眉間に皺《しわ》を寄せる。「何か嫌な臭いだよ。腐ったパンみたいな」

腐ったパンみたいな臭いの毒物……。さすがに聞いたことがない。と言っても、僕の知っている毒物の臭いなんて、アーモンド臭くらいなのだけど。

いずれにせよ、チョコレートクッキーに何らかの異物が混入されていたことは事実のようだった。

「実はこの話を聞いたときからずっと不思議だったことがあるんだけど……どうしてチョコレートクッキーだったんだろう？」

僕の何気ない質問に、赤坂さんは首を傾げた。

「チョコレートクッキーだと何か問題があるの？」

「いや、そういう意味じゃなくて……。どうして犯人がそんな余計な手間を掛けたのか気になるんだ。だって、考えてもごらん。バレンタインデーなんだよ？　普通の感覚なら、ただのチョコレートを贈るのが自然なんじゃないかな。手作りと言ったって、市販のチョコレートを溶かして固め直すだけならそんなに手間も時間も掛からない」

それに普通のチョコレートのほうが味も匂いも濃いので、毒物を入れるのであれば相手に気づかれにくいという利点もある。

にもかかわらず、敢えて王道を外してチョコレートクッキーに毒物を仕込んだ……。普通の手作りチョコレートよりも明らかに時間も手間も掛かる手法を採った理由が、僕にはわからない。

「たとえば、当時の女の子たちの間で、気持ちを伝えるためにはチョコレートよりもチョコレートクッキーのほうがいい、みたいな伝承や噂が流れていた、ということでもあれば、それなりに納得できるんだけど……」

試すように赤坂さんを窺うが、彼女ははっきりと首を横に振る。

「……聞いたことない。あの子以外は、ほとんどみんな普通に手作りのチョコレートを贈ってたと思う」

伝承や噂という外的要因に依《よ》らないのであれば、それはチョコレートクッキーでなければならない理由があったということだ。

やはりこの事件……何か裏がありそうだ。

「もう一つ教えてほしいんだけど、全寮制の学校なんだよね？　みんなどうやってチョコレートを手作りしてたの？　寮のキッチンとか使わせてもらえるの？」

「寮のキッチンじゃなくて、家庭科室だよ。バレンタインの時期になると、いつもは厳格な学院側も多少は融通を利かせて、夜遅くまで家庭科室を開放してくれてるの。だからみんな、休み時間や放課後を利用してチョコを色々手作りしてたよ。バレンタインが近づくと購買部でも、いつもより多くミルクチョコレートを入荷してくれるんだけど、それもすぐに売り切れちゃって、出遅れた人はブラックチョコレートしか手に入らなくなる、みたいなこともあったっけ」

融通を利かせてくれるということは、一応学校公認のイベントなのか。そういえば、そもそもバレンタインだって、本を正せばキリスト教も関連した記念日だったはずだ。聖ウァレンティーヌスがどうのと聞いたことがある。

「全然自由じゃなかったし、つらいことも多かったけど、今思い返すとなんだかんだ言って学院生活は楽しかったな。こんなことなら、アタシもバレンタインに参加しておけばよかったな」

過去を惜しむように赤坂さんは独りごちる。赤坂さんにとって、思い出が輝かしいのはとても素晴らしいことだと思うが、今は過去に郷愁《きょうしゅう》を覚えている場合ではない。

状況から考えて、犯人もまた家庭科室を利用したのだと思うけれども……みんながチョコレートを溶かして固め直している間、一人だけクッキーを焼くというのは、毒物を混入するという観点からすると、悪目立ちしてしまうのではと不安になりそうだけど……。

「犯人が一人で家庭科室を使えたタイミングってあったと思う？」

「バレンタイン前日の夜とかじゃない？　さすがにみんなそれまでにはチョコも作り終えてる頃だろうし。それにクッキーは、ただのチョコレートと比べて味や食感が落ちやすいから、渡す直前に焼きたいと思うのが乙女心だと思うよ。……まあ、犯人には乙女心なんてなかったんだけど」

忌々しげに赤坂さんは顔をしかめた。どうやら三年近く経っているのに、未だに犯人に対して思うところがあるようだ。まあ、それも当然か――。

逸《そ》れ掛けた思考を戻して、質問を続ける。

「家庭科室にはオーブンがあるの？」

「うん。調理実習のとき、お菓子焼いたりするからね。それなりに数も揃ってるよ。入学してすぐくらいに授業でイーストマフィン作ったけど、ちゃんと焼けると嬉しいんだよね」

「イーストマフィン？」

聞いたことのない言葉だった。東《イースト》のマフィン？

「ベーキングパウダーの代わりにドライイーストを使うマフィンのことだよ。パンみたいなもちもちの食感になって美味しいの。でも、ベーキングパウダーと比べると失敗しやすくて、上手く焼けないとカチカチの乾パンみたいになっちゃうんだよ」

どうやらイーストとは、イースト菌のことのようだ。酵母の発酵を利用して作るマフィンなのだろう。お菓子作りは普段蓮さんに頼り切りだったので、プロの作家になるならばこういった知識もこれからは貪欲に求めていかなければならない、と自らを戒める。

いや、そのまえに――寧子を取り戻さないことには話にならない。

「ちなみにクッキーとかも授業で作った？」

「クッキーも焼いたかな。確か二年生の頃だったと思うけど」

素晴らしい記憶力だ。見習いたいくらい。

色々と情報が集まってきたところで、僕は覚悟を決めて、核心に手を伸ばす。

「――ちなみになんだけど、赤坂さんはその犯人の子と今も繋がりあるの？」

赤坂さんは、露骨に嫌そうな顔をした。

「……まさかハリーさん、その子に直接話を聞きに行くつもり？　止めたほうがいいよ。カーストは上位だったけど性格悪いって有名で、クラスでも怖がられてたんだから」

「いや、さすがにそんな度胸はないけど……」

カースト上位で性格の悪い子、と聞いて尚更《なおさら》関わり合いになりたくなくなった。基本的には僕も、この件は穏便に済ませるつもりだけど……でも、どうしようもなくなったら、最終手段として犯人に直接事情を聞きに行くことも考慮していた。たとえどんなに手痛く追い返されたとしても、寧子を救える可能性があるならば、僕は何だってするつもりだ。

「でも、もし連絡先を知っているなら教えてほしい。赤坂さんから教えてもらったことは伏せるから」

「教えてあげたいのは山々だけど、残念ながら連絡先は知らないよ」赤坂さんは感情の籠もらない声で言った。「学院時代は学校でも寮でもスマホが禁止されてたし、卒業してからはアタシ、学院関係者と一切の関わりを絶ってるから」

「……そっか」

残念な気持ちがなかったといえば嘘になるけれども、さすがにそこまで赤坂さんの世話になるのは申し訳ないという気持ちもあったので、これでよかったのだ、と納得しておく。

ところが続けて赤坂さんは、何とも言えない微妙な表情で言った。

「……ただ、その子がどこの大学に進学したのかは、風の噂で聞いてるよ」

急に一縷《いちる》の希望が湧いた。

「どこ？　都内？」

そんな僕の些か間の抜けた質問に、赤坂さんは神妙な面持ちで答えた。

「ここだよ。東雲大学の薬学部。名前は——上条《かみじよう》エリカちゃん」

5

あとはハリーさんの好きにして、と言い残して、赤坂さんは早々にカフェから立ち去って行った。来週にはバイトに復帰する予定だったので、できればそれまでにはこの件に片を付けておきたい。そうじゃないと、赤坂さんとの関係も何だかギクシャクしてしまいそうだ。

それから僕はカフェを出て、学内の散歩道を当て所もなく歩く。少し、考える時間が欲しかったからだ。

学長の意向で、敷地内をぐるりと回るように設けられた散歩道、通称〈哲学の道〉の周囲には多くの木々が植えられている。緑の多い散歩道をゆったりと歩くと不思議と悩みが解決することが多いので、僕は密かに重宝していた。

秋の澄んだ空気を肺一杯に取り込み、胸の内に溜まった澱《おり》のようなものを吐き出して身軽になっていく。

少しだけ、鈍重だった思考が巡る。

寧子の過去の、バレンタイン騒動を改めて整理すると偏《ひとえ》に、上条エリカは何がしたかったのか、という部分に問題が集約されるような気がする。

チョコレートクッキーに何らかの異物を混入したとして、その結果に何を求めたのかが極めて不明瞭なのだ。

何故なら、結果的に問題が明るみに出ることはなかったが、本来であれば警察に通報されてもおかしくないほどの蛮行《ばんこう》だからだ。もしも明るみに出ていれば、上条エリカの退学は免れなかったことだろう。何を得るつもりだったのかはさておき、デメリットが大きすぎる。さすがに本当に毒物を混入して寧子を殺すつもりだったとも思えないし、何ともやっていることが中途半端な印象だ。

せめて寧子が倒れたあと、物証であるチョコレートクッキーを回収していくくらいはしてもよさそうだが、それすらせずに現場から逃げ出すというのは解せない。

おまけに、ただのチョコレートではなく、わざわざチョコレートクッキーを焼いた理由もわからない。不必要な手間を掛けたということは、そこには必ず何らかの合理的な理由があってしかるべきだ。

ミステリの才能がない僕にだって、それくらいはわかる。

あるいは、様々なデメリットも込みで、それを強要されていた、という可能性もなくはないけれども……。スクールカーストの上位だったらしい上条エリカが、誰かに脅されて仕方なく、寧子に異物が混入したチョコレートクッキーを渡した、というのは正直考えにくい。黒幕説は、一旦棄却《ききゃく》しても構わないだろう。

上条エリカが本当に望んでいたことはいったい何なのか……。

いくら考えても、結局そこに行き着いてしまう。

もしかしたら、単にみんなの人気者だった寧子を屈服させたかっただけで、それ以外のことには何も注意を払っていなかったのではないか、とも思ったが、そうだとしても、やはり何故、わざわざチョコレートクッキーを焼いたのか、という疑問は解決できない。

直感的には、そこがこの騒動の急所のような気がしてならない。

逆に言えば、そこに何らかの合理的な説明を付けられさえすれば、意外と簡単にすべてが解決してしまいそうな気はする。

――有名なミステリに『毒入りチョコレート事件』という作品がある。

一見シンプルに思える未解決の毒殺事件に対して、〈犯罪研究会〉の面々が様々な推理を繰り出していくという、多重解決ミステリの金字塔的な作品だ。アントニイ・バークリーの代表作という位置付けになっており、近頃日本でも多重解決という手法は、メジャーになりつつある。

多重解決——言い換えればこれは、推理を行う者にとって都合のいい結論を導くことができるということだ。

ならば寧子が傷ついてしまったトラウマの事件に対して、たとえこじつけであったとしても、僕の勝手な都合で何らかの幸せな結論を導けるのではないか——。

蓮さんから寧子の過去を聞いたとき、僕は咄嗟《とっさ》に『毒チョコ』を思い出して、寧子を救えるような結末を導くために、半ば衝動的に事件の詳細を調べ始めたわけだけど……。

たとえこじつけであったとしても、すべての状況証拠を加味して、筋の通った推理を組み上げることがこれほど難しいとは思っていなかった。

改めて、普段寧子が如何にすごいことをしているのかということを思い知らされる。

やはり僕には寧子が必要で……。

だからこそ、寧子を元気づけるために、できもしない推理をしなければならなくて……。

何というか、随分と追い詰められてしまったな、と他人事のように思う。

結局、その日は情報を多少整理できただけで大した成果もなく、すごすごとアパートへ帰った。

6

寧子の過去を知った日から三日が経過したとき、佐久間さんからメールが届いた。

要約すると、短篇の最終話を書くまでやることがなければ、これまでの原稿を見直して必要に応じて加筆修正を行っておくように、との指示だった。ありがたいことに、これまでの原稿に佐久間さんの赤チェックが入ったPDF（電子文書）ファイルも添付されている。

この三日間で蓮さんからの連絡はない。寧子の状況に変化はないということなのだろう。

さすがに今は状況も最終話の原稿も進むはずがなかったので、僕は大人しく佐久間さんの指示に従って、過去の原稿の修正作業に取り掛かることにした。

もし寧子とのコンビを解消してしまったら、この原稿もボツにせざるを得なくなり、修正作業自体が無意味に終わってしまうかもしれなかったけれども……。何としても寧子とのコンビを継続するという決意を込めて、修正作業を続けていく。

改めて原稿を読み返していると……何と言うか、非常に感慨深い気持ちにさせられる。

この「コンビ作家」シリーズは、僕と寧子をモチーフにした主人公たちが、有名なミステリに擬《なぞら》えた日常の謎を解決しながらミステリ作家を目指す、という〈ミステリ・モチーフ・ミステリ〉になる。

その試みが実際にうまくいっているかどうかは、僕にはよくわからなかったけれども、佐久間さんの反応を見るに、感触は悪くない。

これが本になり、世に出ると思うと些《いささ》か気恥ずかしさのようなものを感じてしまわないでもなかったけれども、いくつかのポイントはちゃんと実際の個人や団体がわからないように上手く嘘を交えて書いているので、この半ば私小説染みた作品が世に出たとしても、僕らを特定することは不可能なはずだ。

第一話である「砂糖対戦」を読み返しているとき、僕は何とも懐かしい気持ちになって、思わず苦笑してしまった。

寧子と初めて出会ったシーンだ。あのときの寧子は本当に臆病な小動物そのもので、まともなコミュニケーションを取ることも困難だった。だから正直僕は、寧子とコンビを組むことに全く気乗りしていなかった。

随分と昔のことのように思えるけれども……まだ半年ほどしか経っていない。そう感じてしまうほど、この半年は僕の平凡な人生の中でも突き抜けて濃厚な日々だった。

毎日、寧子や蓮さんと顔を合わせ、家族同然に食事を共にして……お泊まり会なんてメルヘンなイベントをしたこともあったか。

これまであまり人と深く関わらない人生を送っていたので、戸惑う部分も多々あったけれども……結果から言ってしまえば、とても楽しくて嬉しくて——幸せな毎日だった。

今はもう、過ぎ去ってしまった幸福な日々だけれども……どうにかして取り戻せれば、と切に思う。

緩んだ口元を引き締めて、僕は原稿に集中する。

場面は変わって、僕が寧子にミステリの講釈を垂れるくだりに入ると、どうにもむず痒い気持ちになる。僕なりに精一杯嚙《か》み砕いて寧子に説明したつもりではあったが……今読み返すと、何だか偉そうで落ち着かない。

あまり集中できず、文章に視線を滑らせていると、「砂糖合戦」の文字が目に留まる。

そういえば、僕らの〈ミステリ・モチーフ・ミステリ〉は、すべて「砂糖合戦」から始まったのだった。あのとき、喫茶店の一席で、ひたすらコーヒーに砂糖を入れ続ける女性を気に留めなければ、今の僕らはなかったと言っても過言ではない。数多のミステリの中でも、取り分け好きな作品から、新しい発想が生まれたというのは稀有な体験だったと思うし、正直嬉しくもあった。

ただ「砂糖合戦」は、軽やかかつ緻密な論理性で評価の高い作品だが、それと同時に物語としては少しビターでもある。

僕はその内容を、頭の中で簡単に思い返す。

砂糖合戦が行われた理由。その目的と動機。

初めて読んだときから数年が経過し、細かい部分は忘れてしまっていても、肝心要のトリックのキモは絶対に忘れない。たぶん、「砂糖合戦」を読んだ人は皆、そうだろう。

そうして「砂糖合戦」を頭に思い浮かべながら懐かしい気持ちに浸っていたところで――。

「――――え?」

突如、雷に打たれたような発想が閃《ひらめ》き、思わず惚《ほう》けてしまう。

今、何を思いついたんだ……?

僕は慎重に、閃いた発想をすくい取り、思考を進める。

いつの間にか、ドキドキと心臓が早鐘《はやがね》を打っている。無性に息苦しいと思ったら、呼吸を忘れていた。

荒い呼吸を繰り返しながら、それでも思考は信じられないほど高速で演算を繰り返す。

やがて、驚いて過剰に反応していた身体もようやく落ち着きを取り戻し、それに伴い、思考も通常の鈍重なものに戻っていった。

残ったのは、一つの結論だけ。

僕は立ち上がり、ふらふらとした足取りで冷蔵庫の前まで進むと、よく冷えた麦茶を取り出して一気に飲み干した。

やっと人心地がついて、ついでに深いため息を零す。

「……そうか。巡り巡って、『砂糖合戦』に戻ってきたわけか」

得も言われぬ万能感に満たされながら、そんなことを呟く。

答えは、得た。

あとはこの物語に、どうオチを付けるかだが……。

幸いにも、ミステリ以外の創作能力に関してはある程度の自信がある。

僕は、明日やらなければならないことを頭の中でまとめていく。

いくつかの関門はあったけれども……不思議とすべてうまくいくような気がした。

そうと決まれば、明日は早い。

僕は、早々に布団に潜り込むと電気を消して眠りに就いた。

その晩は、幸せな結末の夢を見たような気がした。

7

普段よりも少し遅い午後三時過ぎに、僕は東急東横線の自由が丘駅に降り立った。

天気は快晴。西日の眩しい、心穏やかな時間帯だった。

僕は慣れた足取りで、普段と同じように雛森姉妹が住む高級マンションへ向かう。

今日は事前に約束を取り付けていなかったので、オートロック横のパネルに部屋番号を入力して呼び出す。数回のコール音が響き渡り、意味もなく緊張してしまう。

それから間もなくコール音が途絶え、すぐに驚いたように息を呑む音が続いた。

『ハリーくん、どうして……！』

数日ぶりに聞く、天上の調べにも似た、蓮さんの美しい声色。

僕は嬉しさのあまり口元が緩みそうになるのを必死に堪えながら、告げる。

「寧子と蓮さんにお話があって来ました。もしよかったら、少しだけお時間をいただけませんか」

しばしの沈黙。きっと僕の意図がわからなくて、蓮さんも戸惑っているのだろう。しかしすぐに、上がって、という一言とともにオートロックが遠隔で開かれた。

ひとまずは、第一関門突破というところか。とにかく話を聞いてもらえないとどうしようもなかったので、その段には辿り着けそうで胸をなで下ろす。

エレベータで目的の階まで昇り、廊下を進んで雛森家のインターフォンを押す。すぐにドアは開かれた。

「……いらっしゃい、ハリーくん」

反応に困ったように、わずかな警戒を滲ませる蓮さん。まあ、先日一方的なコンビ解消を告げた後なのだから、気まずくなるのも当然か。

「寧子は今日も部屋ですか？」

逡巡《しゅんじゅん》を見せながらも蓮さんはこくりと頷いた。寧子はまだ気落ちしているらしい。

僕は、お邪魔します、と言ってから、ずかずかと廊下を進み、寧子の部屋の前で足を止める。布団を被っていても聞こえるように、大きめの音でドアをノックする。

「寧子、僕だよ。少し話がしたいから、中に入ってもいいかな」

「り、りーくん⁉」明らかに動揺をはらんだ、裏返った声が返ってくる。「だ、ダメだよ！　コンビは解消したいって、言ったはずだよ……！　お願いだから、もう私のことは放っておいて……！」

ドアの向こうから響くのは、悲鳴にも似た寧子の心からの叫び。

僕は胸が締めつけられるような想いに駆られ、わかった、と小さく呟き——。

それから一切の容赦なくドアを開け放ち、寧子の部屋に押し入った。

「ぎえええ⁉　なんでぇ⁉」

涙声で汚い悲鳴を上げる寧子。身を隠すように慌てて布団を被り丸くなるが、僕は全く躊躇《ためら》うことなく、力尽くで掛け布団を剝《は》ぎ取った。

「おはよう寧子！　さあ、話をしよう！」

ベッドの上に晒されたのは、いつものように真っ黒い着る毛布を纏《まと》った小さな寧子だけ。部屋のドアも布団も、もう彼女を守るものは何もない。寧子は信じられないものでも見たように目を白黒させて口をぱくぱくしている。

「め……滅茶苦茶だよぉ……」

防御力ゼロ状態になった寧子は、涙目で怯えたように僕を見上げている。僕のすぐ隣には蓮さんも立っていたが、僕の蛮行に唖然《あぜん》として言葉を失っているようだ。

下手に寧子を庇《かば》い立てされるまえに、僕は勝手に話を進める。

「蓮さんから、寧子の高校時代の話を聞いたよ。とてもつらい体験だったと思う。でも、その中でどうしても気になることがあったから、僕なりに調べて考えてみたんだ。そうしたら、驚くべき真相に辿り着いた。だから、どうしても寧子に僕の話を聞いてもらいたいんだ」

高校時代、という単語を聞いてすぐ、寧子は苦しげに顔をしかめたが、それでも僕の言葉に何か感じるところがあったのか、目を逸らすことなく小さく頷いた。

どうやら話を聞いてくれる気にはなったらしい。第二関門も突破できたようで、ホッとしながらも、ここからが本当の勝負だったので、僕は気合いを入れ直して寧子に向き合う。

「寧子を襲った悲劇――ここでは便宜上、〈毒入りチョコレートクッキー事件〉と呼称するけど、この事件の最大のポイントは、やはり何故、犯人はただのチョコレートではなく敢えて手間の掛かるチョコレートクッキーを利用したのか、ということだと思うけど……。それに関して、寧子は何か考えなかったのか？」

「そ……そんなこと言われても……」切なげに寧子は目を伏せる。「お、思い出すだけで苦しくて、つらいから……疑問にすら思ったことないよ……」

やはりそうか、とようやくそこで得心に至る。

寧子ほどの頭脳があれば、この程度の疑問に気づかないはずがないのに。普段であれば、一つの疑問から芋づる式にすべての真相を明らかにしてしまう寧子であっても、そもそも最初の切っ掛けに気づけなければ、自慢の推理力も機能しないのだ。

「つらいかもしれないけど、今は我慢して聞いてほしい。仮に寧子を害することが目的だったのであれば、手作りチョコレートに異物を混入するだけで十分なはずだ。にもかかわらず、敢えて手間の掛かるチョコレートクッキーを作ったということは、その行為に何らかの合理的な理由がなければならない。ここまではいいね？」

寧子も、一緒に話を聞いていた蓮さんもこくりと頷いた。

「話を聞いてからずっとその理由を考えていて……そしてついに昨日、その理由がわかったんだ。ひょっとしたら犯人は、最初はチョコレートを作ろうとしたのだけど、予期せぬトラブルによって別のものを作らざるを得なくなったんじゃないか、って」

「予期せぬ……トラブル？」大きく首を傾げる寧子。

「うん。チョコレートがちゃんと固まらなかったか、固まっても形や色が変になってとても人に渡せるものじゃなくなってしまったのか……。詳細は想像するしかないけど、とにかくチョコレート作りには失敗してしまった。しかし、作っていたのはみんなが準備を完了した頃合いである前日の夜であり、新たな材料を手配する時間もなかった。そこでやむなく、家庭科室にある材料と失敗してしまったチョコレートを使って、新たなチョコレート菓子を作り直すことにした。その結果が、寧子が口にしたチョコレートクッキーだったんだよ」

急に当時のことを思い出してしまったのか、嘔吐《えず》きそうになって口元を押さえる寧子。しかし、涙目になりながらも必死に堪えて姿勢を正す。

「で……でも、今さらそんなことがわかったとして……何が変わるって言うの……？」

「ここで重要なことは、何故失敗してしまったのか、ということだよ。結論を言えば、異物を混入したから、ということにはなるんだけど、冷静に考えれば、チョコレートが上手く固まらなくなるほど大量の異物を混入するのは不自然だよね」

そこで僕は、蓮さん、と呼び掛ける。

「一度溶かしたチョコレートを再び固めるには、テンパリングという工程が必要なのですよね？」

急に質問を投げられて戸惑いながらも蓮さんは、ええ、と頷く。

「チョコレートはとてもデリケートなものだから、温度を調節しながら結晶構造を安定させないと綺麗に固まってくれないの。少しでも水分が含まれていたり、異物が入っていたりすると、失敗しやすいかな」

さすがはお菓子作りを趣味としている蓮さん。淀みなく知りたいことを教えてくれる。

「チョコレートを手作りしようとしていたのだから、当然犯人にもその知識はあったはず。また、かなりの生徒が同時期に手作りチョコレートに挑戦していた時期なのだから、当然知識やノウハウの共有などもあったはず。だから、仮に寧子を害するという目的があったとしても、必要以上にチョコレートの中に異物を混入するはずがないんだ。下手なことをして失敗するのは時間的にも都合が悪いからね。にもかかわらず、犯人は失敗してしまった。何故失敗してしまったのか、という部分については後で話すけど、ここは重要なことだからよく覚えておいてほしい」

寧子と蓮さんはまた同時に頷いた。

「さて、続いてはチョコレート作りに失敗してしまった犯人が、残された材料を利用して何を作ろうとしたのか、という謎だけど……結論から言ってしまうと、犯人が作りたかったものはクッキーじゃない」

「クッキーじゃない……？」寧子は眉を顰《ひそ》める。「でも、私が食べたものは……」

「授業でクッキーを焼いたのは高二になってからだ」僕は寧子の言葉を遮《さえぎ》るように続きを語る。「ある理由から、僕は犯人が料理やお菓子作りに不慣れだったと考えている。お嬢様学校である〈聖アヴドゥル女学院〉の生徒であることを考えれば、それまで日常的に料理の類《たぐい》に触れてこなかったとしてもそれほど不自然なことじゃない。そんな犯人が、高一の二月時点でクッキーの作り方だけは知っていた、というのは少々考えにくい。学校でも寮でもスマホは禁止されていたみたいだから簡単に作り方を調べることもできない。お菓子作りの教本なども急には用意できない。ならば当然、レパートリーは授業で習ったものだけ、ということになるけど……。犯人が何を作ろうとしたのか、というヒントは完成品にあった。赤坂さんから教えてもらったんだけど、寧子が渡された紙袋に入っていたチョコレートクッキーは腐ったパンみたいな臭いがしたそうだね？」

　また当時のことを思い出してしまったのか、寧子は吐き気を抑えるように口を強く結びながら頷いた。

「臭いの正体はイースト臭だよ」ようやく僕は真相を告げる。「犯人は、クッキーじゃなくてマフィンを焼こうとしたんだ。しかも、ベーキングパウダーの代わりにドライイーストを使うイーストマフィンをね。イーストマフィンの作り方は授業で習っていたから、過去の授業ノートなんかを参照すればいい。材料も家庭科室に揃っている。だからチョコレート作りに失敗した犯人は、やむを得ず上手く固まらなかったチョコレートを生地に練り込んだ、チョコレートイーストマフィンを焼くことにした。ところが、その肝心のマフィンさえ失敗してしまったんだ」

　イーストマフィンは失敗すると、乾パンみたいになる、と赤坂さんは言っていた。

「つまり、寧子がチョコレートクッキーだと思って口にしたものは、実は失敗して、固くなってしまったチョコレートイーストマフィンだったんだよ」

　寧子は信じられないというふうに目を丸くした。

　少しずつ、寧子の過去の認識が改められていく。すべては、寧子を苦しみから解放するために。

「でも……ハリーくん」

　そこで蓮さんが、つらそうに美しい顔を歪めながら割って入る。

「もし、寧ちゃんが食べたものがチョコレートクッキーじゃなかったとしても、それに変なものが入っていて、寧ちゃんが傷ついたことには変わりないでしょう……？」

「僕が今日お話ししたかったのは、まさにそのポイントなんです」

いよいよ、推理は核心に迫っていく。ここから先、失敗は許されないので僕は必死に頭と口を回す。

「ここまでお話ししたとおり、この〈毒入りチョコレートクッキー事件〉は、犯人すら想定しなかったいくつものトラブルが重なった末に起きました。だとしたら、です。そもそもチョコレートに異物が混入してしまったことそれ自体も、犯人には想定外の出来事だったとは考えられないでしょうか？」

「異物の混入が、想定外だった……？」不思議そうに口を半開きにする蓮さん。

「そうです。そして、異物の混入が想定外の出来事だったとすれば、寧子が傷ついてしまったことも、また想定外だったということになります。つまり、犯人は寧子を傷つけるつもりなど、初めからなかったんです」

寧子のトラウマになってしまった〈毒入りチョコレートクッキー事件〉が、偶然起こった不幸な事故だったのであれば、寧子が今塞《ふさ》ぎ込む理由もなくなることになる。

寧子を、救うことができる。

「では、寧子を今日まで苦しめ続けた〈異物〉の正体とはいったい何だったのか。

何故、チョコレート作りは失敗してしまったのか。何故、イーストマフィン作りも失敗してしまったのか――」

　僕はそこで一旦言葉を止め、改めて寧子を見つめながら優しく告げた。

「犯人はチョコレートを作る過程で、誤って砂糖の代わりに大量の食塩を投入してしまったんだ。すべては、そのささやかなミスによって起きた悲劇だったんだよ」

　僕の言葉ですべてを察したように、蓮さんが、あっ、と驚きの声を発する。

「過量の食塩が、カカオ脂の結晶を阻害したから上手く固まらなくて、おまけにイースト菌の発酵も阻害したからマフィンも膨らまなかったんだね！」

「そのとおりです」

　さすがは理系美女の蓮さん、理解が早い。寧子はわかったようなわからないような複雑な顔で、僕と蓮さんを交互に見つめる。

　僕は努めて穏やかに続ける。

「さっき僕が、犯人はお菓子作りに不慣れだった、と言った理由はまさにこのためだ。不慣れだったから手順をなぞることに手一杯で砂糖と塩を取り違えるという初歩的なミスをした。そして、味見をしないというのもまた初心者の特徴だ。おそらく犯人は、思春期の少女たちが熱中するバレンタインイベントに乗り遅れてしまったんだと思う。そのため手作りチョコレートの材料が、一般的なミルクチョコレートではなく、ブラックチョコレートしか手に入らなかった。そこで仕方なく、ブラックチョコレートにミルクと砂糖を入れて、寧子が喜んで食べてくれそうな甘いチョコレートを作ろうとした。ところが——お菓子作りに慣れていなかった犯人は、このとき砂糖と食塩を取り違えてしまった。その結果、チョコレート作りに失敗し、酷いイースト臭がする、舌が痺れて飲み込めないほど塩辛いチョコレートクッキー……もとい、チョコレートイーストマフィンの出来損ないになってしまったんだよ」

「ま、待ってりーくん……！」

寧子はまったく想定外の話の流れに混乱したように顔をしかめながら、それでも声を絞り出す。

「そ、それじゃあ、あの子は……上条さんは……！」

トラウマになっているはずの少女の名前を、寧子は初めて口にする。

僕は深々と頷いて見せた。

「そう。上条エリカさんは、ただ純粋に、バレンタインの日に心を込めた贈りものをしたかっただけだったんだよ。寧子のことが——好きだったから」

普通なら、ただの義理や憧れなら、チョコレート作りに失敗した時点で諦めるだろう。

でも、上条さんは諦められなかった。

自分の想いを、寧子に伝えたい。

ただそのことだけを一心に願って、イーストマフィンの作り方を引っ張り出してきて、リベンジした。

だが、それも失敗してしまった。

失敗してしまったのに……彼女はまだ諦めきれなかった。

だから、失敗を承知していながら、寧子にそれを渡したのだ。

大切なのはその出来ではなく込めた想いの強さなのだ、多少形は悪くてもレシピどおりに作ったのだから味はいいに決まっていると、自らに言い聞かせて。

……せめて一欠片でも味見をしていれば、渡すことそれ自体を諦めることもできたかもしれないのに。

「たぶん寧子が一口食べた時点で、失敗してしまったことの謝罪とともに、彼女の本当の気持ちも伝える予定だったんだと思うけど……。ところが、寧子は吐き出してその場に蹲ってしまった。想定外の出来事にパニックになった上条さんは、とにかく先生を呼びに行かなければと思って、その場を走り去った」

端《はな》から寧子を害するつもりなどなかったので、紙袋を持ち去るという考えすら浮かばなかった。現場に紙袋が残されていたのは、当然だったのだ。

「そして、ここでまた不幸なすれ違いが起きてしまった。上条さんと入れ替わるように、その場に赤坂さんがやって来て、寧子を抱きかかえて保健室まで運んでしまったんだ。紙袋も赤坂さんによって回収された。その後、放課後だったためなかなか先生が見つからずに遅くなってしまった上条さんが現場へ戻ってきたときには、寧子も紙袋も消えていて……彼女もまた、心に傷を負ってしまった」

大好きな人を傷つけてしまった自分に対する——激しい自己嫌悪。

それゆえに、真相を誰にも語ることなく、この事件の罪を一人で背負い続けた。

「で、でも……」寧子はまだ信じられないというふうに反論する。「上条さんは、クラスのカーストトップで、私とは正反対の性格だったし……それに私、上条さんには嫌われてると思ってたから……」

「嫌なことを言われたりした？」

「う、うん……」

「それはたぶん、好きな子に意地悪をしてしまう心理だったんじゃないかな。つまり——ただのツンデレだよ」

「つ、ツンデレ……!?」

驚愕に目を見開く寧子。まさか現実に、しかも自分のすぐ近くにそんな厄介な仮想存在だと信じていたものがいたなんて思いもしなかったのだろう。

ちなみに僕はすぐ身近に、人を傷つけることばかり言う厄介なツンデレお姉さんがいるので特に非現実的とは思わない。佐久間さんって言うんだけど。

混乱したように閉口する寧子に、僕は穏やかに告げる。

「さあ、寧子。これできみを苦しめていたトラウマは幻想になって霧散《むさん》した。きみは毒なんて盛られていなかったし、上条さんから嫌われていたどころか極めて純粋な好意を向けられていた。だから、チョコレートクッキーを忌避する理由はないし、それによって僕を避ける理由もない。寧子がこうして引き籠もってる理由だって……何もないんだ」

「そ……そんなこと急に言われても……」

情報の整理ができていない様子で、寧子は泣きそうな顔をする。

「り、りーくんの言っていることは、理屈が通ってるけど……でも結局、全部りーくんが私を元気づけようとして、都合よく現実を解釈してるだけだよ……！　私が嫌われていなかった証拠なんかないし、私が毒入りのチョコレートクッキーを食べさせられたことを否定する材料にもなってないよ……！　りーくんの気持ちは嬉しいけど……私は、そんな都合よく、自分の過去を解釈できないよ……！」

涙ながらの主張。

僕は彼女の心の叫びを否定することができなかった。

何故ならば、それこそが多重解決ミステリの重大な欠点の一つだったから。

どれだけ都合よく、すべてを幸福のままに終わらせる推理があったとしても、あくまでもそれは、机上の空論をこねくり回しているだけに過ぎないのだから。

いくら僕が理想を掲げたとしても、寧子のつらいトラウマを覆すことには至らない――。

――でも。

そんなことは初めからわかっていたのだ。

ミステリの才能のない僕なんかの推理で、傷ついた寧子を癒やせるなんて――思い上がりも甚だしい。

僕は名探偵ではない。ただの、ミステリ作家ワナビなのだ。

だから、大切な人を救うためならば、どんな禁じ手だって使ってみせる。

悲しげに俯く寧子の隣で、僕はスマホを取り出して電話をかける。

僕からの連絡を待っていたように、一コールで相手は出た。僕は多くを語らず手短に、「それじゃあ、手はずどおりに」と告げて、スピーカーフォンにしてスマホを床の上に置いた。

何が起こっているのかわからない様子で、寧子も蓮さんも状況を窺っていた。

「では、自己紹介をお願いしてもいいですか」

僕の言葉に、通話の相手は緊張したような硬い声で、はい、と答えた。

『――寧子さん、お久しぶりです。私は……上条エリカです』

「か、上条さん⁉　な、なんでぇ⁉」

寧子は、今日一番の悲鳴を上げた。

それはそうだろう。まさか僕がこの場で、自分のトラウマの相手に電話をかけるなんて想像すらしていなかっただろうから。

混乱のために意味もなく両手を虚空《こくう》に彷徨《さまよ》わせる寧子に、電話の向こうの上条さんは緊張した声色で言う。

『――こうして改めてお話しする機会を得られてとても嬉しいです。私はずっとずっと、寧子さんに謝りたかったから。……寧子さん、私のつまらないミスのせいであなたを傷つけてしまったこと、心から謝罪します。本当に……本当にごめんなさい』

涙ぐんでいるのか、電話の向こうの声はわずかに湿り気を帯びている。

寧子は、しどろもどろになりながらも、かろうじて応対する。

「じゃ、じゃあ、まさか……」

『ええ。すべて……君島さんの推理どおりです』

犯人の自白により、僕が生み出した都合のいい推理が〈真実〉へと昇華する

──。

これが、自分の推理に責任など持たなくていい、ただの一般人である僕だからこそ恥ずかしげもなくできる反則技。

今日、普段より雛森家を訪ねるのが遅れたのは、大学構内で上条さんを捜し回っていたためだ。赤坂さんにも協力してもらっての大仕事だった。

実習を終えて帰宅するところだった上条さんを何とか捕まえ、事情を説明しつつ僕の推理を簡単に語り聞かせた。赤坂さんが同行してくれなければ、きっと話すら聞いてもらえなかったに違いない。

最初は不審者を見るような目を僕に向けていた上条さんも、推理を聞き終えたときには涙目になっていた。

そして絞り出した言葉は。

「……ずっと、後悔していたんです。謝罪する機会をくださって、ありがとうございます」

僕のご都合主義だった推理が、裏付けを得た瞬間だった。

それから、上条さんは胸の内に抱え込んでいた秘密を語ってくれた。

当時、高校一年生だった彼女は、家族の不和を抱えて内心は荒れていたらしい。

そんなとき、ちょっとしたイタズラ心からクラスメイトのロザリオを隠してしまった。バカなことをしたと、当時のことを深く反省しながらも、数少ない情報から瞬く間に隠したロザリオを見つけ出してしまった寧子のすごさを熱っぽく語った。

そしてその日の放課後、やはり犯人を特定していた寧子は、上条さんだけにこっそりと、「もうこんなことやっちゃダメだよ」と釘を刺したのだという。

その瞬間、上条エリカは、雛森寧子に恋をしたらしい。

これまで誰かを好きになったことなどなく、ましてその相手がクラスメイトの女の子ということでかなり動揺してしまい、その後、寧子とまともに接することができなくなってしまった。

寧子が上条さんから嫌われている、と感じた理由もおそらくそのあたりにあったのだろう。

このままではいけない、と一念発起して、バレンタインの日に思いを伝えようとしたものの……僕が推理したとおりに失敗してしまった。

砂糖と塩を取り違えてしまったことは、その後しばらくして気づいたが、そのときにはもう寧子は学院から去っており、永遠に謝罪の機会は失われた。

結局それが理由で上条さんはまた荒れてしまい、クラスメイトたちからは性格の悪い子、というレッテルを貼られて孤立してしまったそうで——。

涙ながらに事情を語った上条さんの姿と、今、電話越しではあるが寧子の前で同じ説明を必死に語る上条さんがオーバーラップする。

『——私のばかげたミスが原因で、あなたの掛け替えのない人生を滅茶苦茶にしてしまいました。謝って許されることではないと重々承知していますが……それでもただ一言、あなたに謝りたかったんです。本当に……本当に、ごめんなさい』

紡がれる後悔の言葉。止めどなく溢れる謝罪。

僕も蓮さんも、固唾《かたず》を呑んで寧子を見守る。

寧子は、きつく目を閉じて、相づちを打つこともなくただひたすらに電話の声に耳を傾けていた。

やがて上条さんの謝罪の言葉も尽き、しばしの沈黙が訪れる。

寧子は、膝の上に置いた拳を強く握りながら……怖ず怖ずと口を開く。

「あ……あの……上条、さん」

『……はい』

まるで死刑判決を待っているかのような、重たい返事が響く。

「わ……私は……学院をやめてから……ずっとおうちに引き籠もっていました……。やりたいことも何もなくて……できることも何もなくて……。何でもできて、美人で、みんなの人気者のお姉ちゃんとは正反対で……。だから、残りの人生をただ無為に消費していくだけの毎日でした……」

僕も初めて聞く、寧子の本心。

出会ったときから、どうして寧子はここまで自虐的なのだろうと、ずっと疑問に思っていたけれども……それは、過去のつらい経験から来る自己嫌悪のみでなく、完璧超人である蓮さんへのコンプレックスもあったのか……。

蓮さんも寧子の本音は初めて聞くようで、目元に涙を浮かべながら最愛の妹の言葉を受け入れている様子だった。

「……正直に言うと、上条さんを恨んだこともありました。どうして……私にあんな酷いことをしたんだろうって……。でもそれ以上に、自分の知らないところで上条さんを傷つけていたのだろうと思って……悔やんでいました。私は……昔から空気が読めなくて、人が言葉の裏に隠している感情を理解できなくて……よく無意識のうちに、人を傷つけていました……。だからきっと、上条さんのことも傷つけてしまったに違いないと……ずっと謝りたかったんです。でも……違ったんですね。私は……あなたを傷つけていなかったし、あなたも……私のことを嫌っていなかった」

『……はい』

電話の向こうの上条さんは鼻声で、力強く返事をした。

寧子は、そこで初めて満足そうな満ち足りた笑みを浮かべた。

「その言葉で……救われました。だからどうか、上条さんも、もう私のことは気にしないでください。きっと私は……これから前を向いて歩いて行けるから」

不意に寧子は、僕を見やった。

「それに……この三年の引き籠もりが、すべて無駄だったわけではないんです。この時間があったおかげで……私は、りーくんと出会えました。何もできないと思っていた私に……才能があると、言ってくれたんです。上条さんとの一件がなければ、きっと私はりーくんとは出会えなかったはずです。だから今は……上条さんに、お礼を言いたいくらいです。ありがとうございます、上条さん」

鼻の奥が急にツンと痛む。

僕は……寧子に、前向きに生きる理由を与えられたのだろうか。

寧子のミステリ作家としての才能は、本物であると今でも信じている。

そしてそれは、僕はもちろんのこと、完璧超人の蓮さんですら持っていない、寧子だけのスペシャルな才能だ。

そのスペシャルにいち早く気づいたのは、蓮さんや佐久間さんだったとしても、間近でその才能を見て確信し、共に歩みながらその才能を少しずつ磨いていったのは僕であると自負しているので、もし寧子が僕のしたことで前向きになれたと感じてくれているのであれば……これほど嬉しいことはない。

それから寧子は、穏やかな笑みを湛えたまま告げる。

「……あの、上条さん」

『……はい』

「私は……本当は上条さんが思っているような人間じゃなくて……。根暗で、人見知りが激しくて、自虐的で、空気も読めなくて……今は引き籠もりをやっているどうしようもないコミュ障だけど……。それでもよければ……お友だちになってください。今度は、本当のお友だちに」

息を呑む音。そしてついに涙腺が決壊してしまったように嗚咽《おえつ》を漏らしながら、

『……うん、はい。喜んで』

と答えた。次いで、スピーカーの音が割れるほどの大声が響く。

『寧子ちゃん！　アタシもいるよ！　みんなのトモダチ赤坂岬ちゃんだよ！　アタシともう一度トモダチになろうね！　今度三人で、お茶しよう！』

どうやら赤坂さんはずっと上条さんと一緒にいたらしい。高校時代は、反りが合わなかったようだけれども……何やら僕の知らないところで蟠《わだかま》りも解けたようだ。

赤坂さんまで現れるとは思ってもいなかったようで、驚いたように目を丸くする寧子だったが、すぐ満面に笑みを浮かべて、「うん！」と力強く答えた。

もうそこに、ただただ弱々しかっただけの少女の面影はない。

僕の隣の蓮さんは、何も言わずに、静かに歓喜の涙を流し続けていた。

――こうして、どうなるものかと不安で仕方がなかった〈毒入りチョコレートクッキー事件〉は、関係者全員を救うという奇跡にも似た結末をもって幕を閉じたのだった。

元々は、デビュー作の最終話をどうしようか、という課題から始まった謎解きだったが……おかげさまで本題のほうも何とかなりそうである。

あとは――いつものように僕が頑張るだけだ。

少しだけ見通しも明るくなり、僕は寧子の晴れやかな笑顔をいつまでも見つめていた。

エピローグ

「――お疲れさまでした。これから入稿作業に移りますね」

担当編集者の佐久間栞《さくましおり》さんは、大切なものを扱うような慎重な手つきで、僕らの原稿を封筒に仕舞った。

ファミレスのボックス席だった。かつて僕の原稿を無造作にテーブルへぶちまけるような蛮行《ばんこう》をしていた佐久間さんはもういない。

僕らのデビューが正式に決定してから、佐久間さんはすっかり社会人然とした顔になった。そのため僕への対応もやたらと丁寧なものに変わってしまい、嬉しさを通り越して困惑するばかりだった。

言葉遣いも敬語になり、どこかよそよそしくなったようにも感じて落ち着かない。

「……あの、作家と編集者が必要以上に馴れ合うのをよしとしないスタンスを徹底する佐久間さんには感服《かんぷく》するばかりなのですが、僕としてはもう少しフランクに対応していただいたほうがやりやすいと言いますか、ありがたいと言いますか」

すると佐久間さんは、一瞬キョトンとしてから、すぐに真顔で言う。

「あらそう？　ならこれまでの対応に戻すわね。いえ、正直に言うと君島《きみしま》くんに改まった態度を取るのが苦痛で仕方なかったのよね。編集者は作家さんに食べさせてもらっているわけだし、常に敬意は忘れてはならないと自らを戒めていたのだけど……。でも、冷静に考えてみれば、君島くんと契約して仕事をしてもらっているのはあくまでも会社であり、私個人が君島くんに対して引け目を感じる必要なんてないのよね。ああ、とても清々《すがすが》しい気分だわ。これも非モテ陰キャの君島くんが、年上の美女に雑に扱われて喜ぶ特殊性癖の持ち主であってくれたおかげね。ありがとう、君島くん。そういう単純なところ好きよ」

「…………」

前言撤回。佐久間さんはやっぱり佐久間さんだった。

まあでも、正直この雑な扱いのほうが僕としても気楽なので、ありがたかった。

それから佐久間さんはすぐに僕の隣へと視線を移す。

「寧子ちゃんも、それでいい？」

佐久間さんに釣られて僕も視線を横に向ける。

そこには、緊張したように膝の上に固く握った拳をのせて座る寧子がいた。

そう。今日の打ち合わせは寧子も一緒だったのだ。

普段の打ち合わせは、僕と佐久間さんの二人で簡単に済ませてしまうことがほとんどだったのだが、今日は入稿まえ最後の打ち合わせということで、寧子にも一緒に来てもらったのだ。

人生に対して多少前向きになれた寧子だったが、本質的なところはそうすぐには変われず、彼女は今も引き籠もりを続けている。そのため、例の『社会復帰更生プログラム』も有効なままだった。

今日は、そのプログラムの一環で寧子が同行している次第だ。

今日も寧子は、蓮さんのコーディネートで可愛《かわい》らしく着飾っているが、当の本人は相変わらず怯えきった小動物のように極力身体を小さくして俯いていた。

佐久間さんの問い掛けに、寧子はこくりと小さく頷き、前髪の隙間から佐久間さんを見つめる。

「私も……それで構いません。佐久間さんのことは……もう一人のお姉ちゃんだと思っているので……こ、これからも可愛がってくれると嬉しいです……」

必死に絞り出した一言。佐久間さんは真顔で僕を見ながらのたまう。

「可愛すぎて吐きそう」

「飲食店で不穏な表現を使わんでください」

無駄とは思いながら一応釘を刺しておく。実は佐久間さん、口と同じくらい性格が悪いくせに、可愛いもの好きというファンシーな趣味をお持ちなのだ。従って、かつては〈妖精〉とまで称された寧子の可愛さに陥落しないはずがなかった。

「まあ、それはともかく……」

佐久間さんは咳払いを一つした後、改めて僕らを見やる。

「——本当にお疲れさま。二人とも、よく頑張ったわね」

再度、今度は本当の佐久間さんの言葉で告げられて、ようやく僕は夢が叶ったことを実感して思わず涙ぐむ。

幼き日に作家を志してから、今日に至るまでの挫折と苦悩の日々が走馬灯のように蘇る。

僕は声を詰まらせながらも、ありがとうございます、とだけ告げた。

季節は移り変わってクリスマスになっていた。

世間はまさにクリスマス一色で浮かれに浮かれまくっていたけれども、僕のほうは相変わらず浮かれた話一つなく、つい先日まで原稿作業に追われるばかりで周囲を窺う余裕すらない状態だった。

最終話である「毒入りチョコレートクッキー事件」の執筆だけでなく、それまでの短篇の修正作業も並行して行っていたためだ。ここ二ヶ月あまりは人生で一番忙しかったと言っても過言ではない。

もちろんトリック担当の寧子にもたっぷり手伝ってもらっている。ようやくこの段になってコンビ作家らしくなってきて、正直かなり嬉しかった。

ちなみに寧子のほうは、相変わらず引き籠もりを続けつつも、赤坂さんや上条さんとそれなりに上手くやれているようだ。

つまり——万事がうまくいっている状態。

春に、変な小動物みたいな小娘とコンビ作家を組まされることになったときには思いもしなかった、最高の結果と言えよう。

「それで、早速で申し訳ないんだけど」

佐久間さんは、原稿の入った封筒を大事そうにバッグへ仕舞い込み、話を進める。

「ペンネームは考えておいてくれた？」

そう。最後の打ち合わせのまえに佐久間さんから、デビューするにあたって二人のペンネームを考えておくように、と言われていたのだ。

僕と寧子は一度顔を見合わせて、覚悟を示すように頷き合った。

「僕らのペンネームは——〈江良里玖音《えらりくいん》〉でお願いします」

驚いたように目を丸くしてから、佐久間さんはすぐに困惑の表情に変わる。

「……また大仰《おおぎょう》なペンネームにしたものね。大丈夫？　絶対叩《たた》かれるわよ？」

「わかっています。すべて覚悟の上です」

真っ直ぐに佐久間さんを見返して、僕は神妙に告げる。

ペンネームを決めたのは僕だ。その由来はもちろん、偉大なるミステリ作家エラリー・クイーンだ。コンビ作家の大先輩に当たる。

僕らのような何の新人賞も受賞していない、拾い上げの作家が名乗るにはあまりにも烏滸《おこ》がましい、偉大すぎる名前。

絶対に批判され、かなり顰蹙《ひんしゅく》を買うことが容易に想像できるけれども……どうしても僕のわがままでこの名前にしたかったのだ。

僕の目標は、昭和を代表する大ミステリ作家、花火楼洲《はなびろうしゅう》なのだから――。

当然寧子にも事前に、この名前でデビューすることのリスクを説明し、相談した。

しかし、当の寧子はいつものように、にへらと無邪気に笑い、

「りーくんの好きな名前に決めていいよ。私は、何があっても、りーくんと一緒に頑張るから」

と答えてくれた。いい子過ぎて泣きそうになったのは内緒だ。

僕らが覚悟をもってペンネームを決めたことを悟ったらしい佐久間さんは、わかったわ、と呟《つぶや》くように言った。

「あなたたちの意思を尊重しましょう。もし叩かれても、可能な限り私が庇《かば》ってあ

げる。あとで正式な漢字表記を送っておいてね」

さすがは佐久間さん、仕事ができる大人だ。顔だけが取り柄の人ではないのだ。それから簡単に今後のスケジュールを共有して、佐久間さんは早々にファミレスから去って行った。年末進行で死ぬほど忙しいらしい。それなのにわざわざ新人の僕らのために時間を割いてくれていたのだから……本当に佐久間さんには頭が上がらない。

僕と寧子は、少しだけのんびりしてから席を立つ。支払いは佐久間さんが済ませてくれていた。

店を出ると、一気に街の喧騒《けんそう》が大きくなる。今日の打ち合わせは、寧子の地元である自由が丘のファミリーレストランだった。渋谷ほどではないにせよ、街は所々クリスマス仕様にデコレーションされ、大変煌《きら》びやかな雰囲気を演出している。温度差で眼鏡が曇り、世界に紗が掛かって見えた。少しムーディ。

「……うぅ。早くおうち帰りたい」

白い息を吐きながら、寧子は苦しげに呻《うめ》いた。陰キャの引き籠もりなので、クリスマス特有の街のパリピ感が苦手なのだろう。ちなみに僕もまったく同じ意見だった。

浮かれたカップルが腕を組みながらのんびりと街を歩く隙間を縫って、僕らは足早に帰路に就く。

駅周辺を抜け、住宅エリアに入ると急に喧騒が止む。そこでようやく安心したように、寧子は口を開いた。

「でも、まさか本当にりーくんと一緒に作家デビューできるなんて……。夢でも見てるみたい」

心底嬉しそうに、安心しきって、はにかみを浮かべる寧子。そんな寧子を見ていると、僕も嬉しくなってくる。

「それこそ僕の台詞《せりふ》だよ。寧子に出会わなければ、もしかしたら僕は一生ミステリ作家としてデビューできなかったかもしれない。本当に……いくら感謝してもし足りないくらいだよ。僕とコンビを組んでくれてありがとう、寧子」

「そ、そんな！」寧子は赤面しながら慌てたように手袋に包まれた両手を振る。

「私みたいなちんちくりんの引き籠もりとコンビを組んでくれてありがとう！」

真冬の住宅街のど真ん中で、互いに感謝を伝え合うという状況が何だか妙におかしくて、僕らはどちらともなく笑い出した。

本当に、心から笑った。

そこで不意に寧子は、それにしても、と話題を変えた。

「りーくんは、どうしてそんなにミステリ作家になりたかったの？　ミステリ以外なら、いつでもデビューできるくらいの実力は元々あったってお姉ちゃんから聞いたけど」

言われてハタと気づく。そういえば、寧子にはまだそのあたりの事情は話していないのだった。寧子どころか、佐久間さんにも伝えていない、僕だけの秘密。

でも……寧子にだけは知っていてもらいたいと思った。

「寧子は知らないと思うけど——昔、花火楼洲っていう日本を代表するすごいミステリ作家がいたんだ。僕はその人に憧れて、ミステリ作家を目指してたんだ」

「どうしてそこまで憧れてたの？」

当然の疑問。僕は意を決して答える。

「花火楼洲は……僕の祖父なんだ」

寧子は小さく息を呑んだ。

子どもの頃、母方の実家はすぐ近所だった。僕を産んですぐに母は仕事に復帰してしまったため、小さい頃の思い出は常に祖父母の家にあった。

祖父は、本だらけの薄暗い和室の中で、煙草を口に咥えながらいつも原稿用紙に万年筆を走らせていた。

その真っ直ぐに背中の伸びた後ろ姿が、子ども心にとても恰好よく見えたことを今も鮮明に覚えている。僕は小学校に入るまえに五十音を覚え、すぐに祖父の真似をして小説を書き始めた。

最初は、ひらがなだらけの愚にも付かない乱文でしかなかったが、それを読んだ祖父は真面目に文章の書き方を僕に教えてくれた。

もしかしたら、孫が自分の背中を追いかけてくれるのが嬉しかったのかもしれない。

祖父の指導のおかげもあり、小学校に上がる頃には周囲の誰よりも文章の上手い子どもになっていた。作文や読書感想文では何度も表彰されたし、一度は文部科学大臣賞を受賞したことだってある。

そんな僕を見た祖父は、

「羽理衣《はりい》には作家の才能があるね。羽理衣がミステリ作家になって、著作を一緒に書店の平台に並べてもらえるまでは、死ぬわけにはいかなくなったな」

と嬉しそうに笑っていた。

僕も大好きな祖父と一緒に、作品が書店に並ぶ日を夢見るようになった。

――ところが、その僅《わず》か数年後。

僕が小学六年生になった頃、祖父は亡くなってしまった。あまりにも呆気《あっけ》ない最期だった。

僕は……祖父の夢を叶えてやることができなくて、無念でならなかった。

でも、と僕はすぐに気づいた。

作家の本は死後も書店に並び続ける。作品が読者に読まれ続ける限り、作家が死ぬことはないのだ。

だから、僕がミステリ作家になることができれば、祖父と僕の夢は叶えることができる。

祖父の墓前に僕の本を持って行けば、きっと天国の祖父も喜んでくれるに違いない。

そう考えて、僕は本格的にミステリ作家を志すようになったのだけれども——その結果はお察しのとおりだった。

「……本当に情けないばかりだけど、僕にはミステリの才能がまったくなかった。でも、そもそも僕が作家を目指すのは、祖父みたいになりたかったからなのだから、ミステリ以外でデビューしたとしても何の意味もなくて……。そんなどうしようもなく鬱屈《うつくつ》していたときに、僕は寧子と出会ったんだ」

「——そんな、事情があったんだ」

神妙にそう呟いてから、寧子はまた無邪気に微笑《ほほえ》む。

「ならなおのこと……りーくんの力になれて嬉しいな」

「————」

いい子すぎて思わず抱き締めてしまいそうになるのを必死に堪える。これでは、佐久間さんにあれこれ偉そうに言えないではないか……。

気を取り直すように、一度咳払いをして話を戻す。

「……とにかく僕の目標は祖父のような偉大なミステリ作家になることなんだけど、祖父が使っていたペンネーム『花火楼洲』は、バーナビー・ロスのもじりなんだ」

「ばーなびー・ろす？」

初めて聞いたというふうに寧子は可愛らしく小首を傾げる。

「バーナビー・ロスは、エラリー・クイーンの別名義だよ。色々あってクイーンは一時期、ロス名義でも活動してたんだけど……。まあ、そのあたりの事情はともかく、僕がミステリ作家としてデビューするなら、花火楼洲の後を継ぐ意味も込めて、『江良里玖音』にしようって、ずっとまえから決めてたんだ。もちろん、寧子が難色を示したら別のペンネームにするつもりだったけど……。結果として偶然にもクイーンと同じコンビ作家としてデビューできて、色々帳尻が合った感じかな」

「それじゃあ……私も一緒にりーくんのおじいちゃんの後を継いだことになるんだね」

「そう、だね。もしかして……迷惑だった？」

急に不安になるが、寧子はすぐに、ううん、と首を振った。

「りーくんとの絆ができて、むしろ嬉しいくらい。これから、一緒に頑張ろうね！」

ふんす、と鼻息を荒くして胸の前で拳を固めた。

そんなふうに言ってくれることが嬉しくて、僕はまた泣きそうになりながらも必死に堪《こら》え、ありがとう、と呟いた。

それからしばし無言で歩を進め、やがて雛森《ひなもり》家に辿り着いた。その頃には、東京特有の冬の空っ風が潤んだ瞳を乾かしてくれていた。

住み慣れた我が家のような気楽さで、玄関の扉を開くと――。

「二人ともお帰りなさい！　改めてデビューおめでとう！」

パン、パンッ、というクラッカーの破裂音とともに、僕らの帰宅を待ち構えていたらしい蓮さんのお迎えの声が響く。

さすがに近所迷惑だと思ったので、僕は寧子を引き入れてすぐに玄関ドアを閉める。蓮さん、基本的には完璧超人の常識人だけど、寧子が絡むとたまに羽目《はめ》を外《はず》しすぎるきらいがある。

「た、ただいま……お姉ちゃん」

熱烈な出迎えに目を白黒させながらも、寧子は応じる。すると蓮さんは、美しい顔を歓喜に染めて寧子を抱き締めた。

「お帰り寧ちゃん！　打ち合わせ行けてえらい！　今日も最高に可愛い！　こんなに可愛いのに作家さんになってすごい！　天才！　色紙買ってあるからあとでサインしてね！」

「…………」

半ば呆《あき》れながらその光景を僕は眺める。

蓮さんは先の一件で、寧子がずっと自分に対してコンプレックスを抱いていたことを知り、大変なショックを受けていた。

しかしその後、それは昔のことであり、それどころか引き籠もっていた時期にもずっと温かく見守ってくれていた蓮さんにはもはや感謝しかしていないと寧子から告げられてからは、箍《たが》が外れたようにますます激しく寧子を溺愛《できあい》するようになった。

美人姉妹の微笑ましい愛情に亀裂が入ることもなく、僕としては嬉しい限りだったけれども、些か過剰に愛情が暴走してしまっているのは、如何なものか。

哲学的思索に没入しそうになるが、蓮さんは寧子を解放すると続けて僕に抱きついてくる。

「ハリーくんもお帰り！　いつも寧ちゃんと一緒にいてくれてありがとう！」

「――――」

斯様《かよう》に寧子へ注ぐべき過剰な愛情のお零《こぼ》れを僕もいただいてしまっているので、まあ、しばらくはこのままでもいいかもしれない、と他人事のように考える。

自分で言うのもなんだけど、非モテ歴二十年のガチ勢からしてみれば、たとえどのような理由であっても、美女からの愛情を込めた抱擁が嬉しくないわけがないのである。

ちなみに蓮さんは、寧子が数年間抱え続けてきた心の問題解決に一役買った僕に対して、多大なる恩義を感じてくれているようで、例の騒動以降はそれこそ実の弟のように色々とお世話を焼いてくれるようになり、逆に心苦しいほどだった。大学がある日は、いつもお弁当を作ってくれるようになったレベル。

もちろん、神が気まぐれに作りたもうた完璧超人であるところの蓮さんに面倒を見てもらうことが嬉しくないはずもないのだけれども、このままでは勘違いをして、本当に蓮さんに恋をしてしまいそうだったので、「蓮さんはおまえを恋愛対象として見てないから優しくしてくれているだけなのだぞ」と日々自らに言い聞かせて自我を保ち続けている次第だ。

蓮さんは、あくまでも高嶺《たかね》の花で、憧れの対象であるべきなのだ。

近頃調子に乗りつつある僕にだって、その程度の分別はある。

熱烈な出迎えが終わっていつものようにリビングへ向かうと、普段は落ち着いた調度でまとめられているそこは、クリスマス一色に飾り付けられていた。窓際には、小振りなツリーまで。

打ち合わせから戻ってきたらクリスマスパーティーをする、ということは事前に聞いていたが、まさかここまで本格的なものだとは。

寧子がこっそりと僕に耳打ちをする。

「……お姉ちゃん、こう見えてイベント大好きだから、クリスマスは特に毎年気合いを入れて準備するんだよ」

蓮さん、意外とパリピ気質。

まあでも、蓮さんの気合いの入ったご馳走が食べられるのであれば、この浮かれきった雰囲気だってそれなりに楽しめそうではあった。僕らのデビュー祝いも兼ねているとのことなので、ここは素直に状況を受け入れよう。

手洗いうがいを済ませてからテーブルに着くと、早速蓮さんは並べられたシャンパングラスに薄褐色の炭酸の液体を注いでいく。

シャンパン——ではなく、まだ二十歳になっていない寧子に合わせたお子様用のシャンメリーである。

「ほら、二人ともグラスを持って！」

蓮さんの音頭で、僕と寧子はグラスを取る。

それから蓮さんは、満面に笑みを湛えて僕と寧子を交互に見つめ、

「それじゃあ、寧ちゃんとハリーくんのデビューを祝いまして――乾杯！」

その言葉を聞いて、また胸の奥底が熱くなる。

「か、乾杯……！」

寧子は控えめにグラスを掲げる。

「――乾杯」

湧き上がる万感の思いを込めて、僕は二人とグラスを合わせた。

小気味よい乾いた音が、グラスハーモニカにも似た甘い調べとなって室内に響く。

それは、コンビ作家・江良里玖音の門出を祝福する鐘の音にも聞こえた。

本作では数々のミステリをご紹介いたしました。

「砂糖合戦」「傘を折る女」『黒後家蜘蛛の会』「赤毛連盟」『毒入りチョコレート事件』。

これらは、いずれも著者のミステリ観に多大な影響を及ぼした、特別に思い入れの深い作品になります。

本作を無事に書き上げることができたのも、偏《ひとえ》に偉大なる先達《せんだつ》の皆様がミステリという荒野に新たな道を切り拓《ひら》いてくださったからに他なりません。

この場を借りて篤《あつ》く御礼申し上げます。

また、本作で初めてミステリに触れた方がもしいらっしゃるようであれば、是非とも本作でご紹介いたしました作品にも触れてみてくださいませ。

きっと素晴らしいミステリ体験があなたを待ち受けていることでしょう。

一人でも多くの方に、ミステリを好きになっていただけたら、一ミステリファンとして望外の喜びです。

著者

初出

砂糖対戦　『文蔵』二〇二二年六月号、二〇二二年七・八月号に掲載された
「コンビ作家の冒険　砂糖対戦」を加筆・改題

傘を折る男　書き下ろし
背赤後家蜘蛛の会　書き下ろし
毒入りチョコレートクッキー事件　書き下ろし

目次、登場人物紹介、章扉デザイン　bookwall

本文イラスト　しょうじ

著者紹介

紺野天龍（こんの　てんりゅう）

第23回電撃小説大賞に応募した「ウィアドの戦術師」を改題した『ゼロの戦術師』（電撃文庫）で2018年にデビュー。

主な著書に、新機軸特殊設定ミステリとして話題となった『錬金術師の密室』『錬金術師の消失』（以上、ハヤカワ文庫）のほか、『シンデレラ城の殺人』（小学館）、「幽世の薬剤師」シリーズ（新潮文庫nex）、『神薙虚無最後の事件』（講談社）、『ソードアート・オンライン オルタナティブ ミステリ・ラビリンス 迷宮館の殺人』（電撃文庫）などがある。

PHP文芸文庫　雛森寧子《ひなもりねいこ》のミステリな日々
コンビ作家の誕生

2024年3月19日　第1版第1刷

著　者　紺野天龍
発行者　永田貴之
発行所　株式会社PHP研究所
東京本部　〒135-8137 江東区豊洲5-6-52
文化事業部　☎03-3520-9620（編集）
普及部　☎03-3520-9630（販売）
京都本部　〒601-8411 京都市南区西九条北ノ内町11
PHP INTERFACE　https://www.php.co.jp/

組　版　朝日メディアインターナショナル株式会社
印刷所　図書印刷株式会社
製本所　東京美術紙工協業組合

ISBN978-4-569-90384-2

PHP文芸文庫

アー・ユー・テディ？

加藤実秋 著

ほっこりを愛する女の子とあみぐるみのクマに宿ったオヤジ刑事《デカ》。珍妙なコンビが心中事件の真相を探る！　爽快エンターテインメント作品。

PHP文芸文庫

贋《がん》物《ぶつ》霊媒師

櫛《くし》備《び》十三《じゅうぞう》のうろんな除霊譚

阿泉来堂 著

「どうか、ここから消え去っていただけないだろうか、この通りだ」霊を祓えない霊媒師・櫛備十三が奔走する傑作ホラーミステリー！

PHP文芸文庫

満鉄探偵

欧亜急行の殺人

山本巧次 著

走行中の満鉄車内で殺人が！ 松岡洋右に命じられた事件を追い、車内に居合わせた満鉄の秘密探偵・詫間が謎を解く。文庫書き下ろし。

PHP文芸文庫

カラット探偵事務所の事件簿1〜3

乾くるみ 著

あなたの頭を悩ます謎をカラッと解決！『イニシエーション・ラブ』で大反響を巻き起こした、乾くるみの連作短編推理小説シリーズ。